Frei wie der Wind – Kayas Pferdesommer

© Dieter Wehrle

Gaby Hauptmann lebt als freie Journalistin und Autorin in Allensbach am Bodensee. 1995 erschien mit »Alexa, die Amazone« ihr erster Pferderoman für Jugendliche. Es folgten mehrere Bestseller für Erwachsene. Inzwischen hat Gaby Hauptmann mehr als 30 Bücher geschrieben, die allein in Deutschland über 8 Millionen Mal verkauft wurden.

Gaby Hauptmann

Frei wie der Wind

Kayas Pferdesommer

CARLSEN

FSC www.fsc.org
MIX
Papier aus verantwortungsvollen Quellen
FSC® C083411

Veröffentlicht im Carlsen Verlag
Mai 2017
Mit freundlicher Genehmigung des Thienemann Verlages

Umschlaggestaltung: formlabor unter Verwendung
der Gestaltung von Zero-media.net, München
Umschlagbild: FinePic®, München
Corporate Design Taschenbuch: bell étage
ISBN: 978-3-551-31650-9

Für Andy,
unseren Europameister,
der in seiner Art so fein und elegant war
und der trotzdem das allergrößte Kämpferherz besaß.
Seine Motivation war Liebe.
Nehmen wir uns das zum Vorbild.

Prolog

So richtig sah sie es nicht. Benebelte die Aufregung ihre Sinne, oder was war los? Kaya kniff die Augen zusammen, aber sie traute sich nicht, ein paar Schritte näher heranzugehen. Schließlich durfte sie hier gar nicht sein. Oder besser, sie wusste nicht, ob sie hier sein durfte oder nicht. Sie hatte sich einfach hierhergeschlichen, weil sie der Pferdeduft so unwiderstehlich angezogen hatte, die warmen Körper der Lipizzaner, ihre großen Augen, die Magie des Augenblicks.

Aber dort, in der hintersten Box, bewegte sich doch etwas. Das war nicht nur das Pferd, das hin und her trat, nein, dazu hatte es ja eigentlich keinen Grund. Es sei denn, es hätte Schmerzen. Aber wahrscheinlicher war doch wohl, dass jemand bei ihm war. Mitten in der Nacht. Obwohl der Stall geschlossen und die Nachtruhe für die Tiere heilig war, wie ihr heute Nachmittag im Hotel erklärt worden war.

Gut, sie war ja auch da. Trotzdem!

Kaya überlegte, ob sie gegen alle Vorsicht näher rangehen sollte? Die Stallgasse lag im Dunkeln, nur durch die Fenster drang etwas Licht vom Hof. Die Boxentüren waren aus Holz, die Einfassungen aus dunkelgrünem Eisen, alles versank in graublauen Schatten. Sie versuchte sich zu konzentrieren. Bewegte sich dort hinten nun was oder täuschte sie sich? Da sah sie eine helle Hand, die sich von innen auf die Boxentür legte. Sie erschrak zu Tode und wäre beim spontanen Rückwärtsschritt beinahe gegen einen Eimer getreten. Jetzt hörte sie auch leises Gemurmel und drückte sich noch mehr in die dunkle Ecke, in der sie ohnehin schon stand. Die Boxentür wurde aufgestoßen und eine Stimme verabschiedete sich von dem weißen Pferdekopf, der hinter ihm erschienen war.

»Ist gut, Sigi, wir sehen uns morgen. Jetzt schlaf schön.«

Die Stimme war männlich. Sie hatte einen guten, tiefen Klang, trotzdem erschien sie Kaya jung. Sie überlegte hektisch. Kam er an ihr vorbei? Würde er sie in ihrer Nische aufspüren? Zwangsläufig musste er das, wenn er hier hinauslief. Gehörte er zum Stall? War Sigi vielleicht sogar sein Pferd? Verdammt, gleich am ersten Tag ein solcher Fehler, was, wenn er sie entdeckte und meldete? Dann konnte sie ihren Ferienjob sicherlich gleich wieder an den Nagel hängen.

Er ging so nah an ihr vorbei, dass sie ihn riechen konnte. Kaya hatte sich in ihrer dunklen Ecke winzig klein gemacht und hielt den Atem an. Sie sah ihn nur als großen Schatten an ihr vorübergleiten und durch die Stalltüre verschwinden. Zurück blieb ein Duft, den Kaya beim Luftschnappen mit einsog. Sie richtete sich auf und schnupperte nochmals. Er lag nur ganz leicht in der Luft, wie ein Strom, der sich nach links und rechts ausbreitete und dessen starke Mitte man finden musste. Am liebsten wäre sie dem Duft direkt nachgegangen.

1. Kapitel

Kaya hatte einen der begehrtesten Ferienjobs überhaupt ergattert: Sie war beim *Stanglwirt* in Going bei Kitzbühel und das war wie ein Sechser im Lotto. Klar hatte sie es auch ein bisschen ihrer Herkunft zu verdanken, schließlich kam sie aus einem Restaurant und brachte Erfahrung mit, aber wenn sie ganz ehrlich mit sich war, dann hatte sie die Arbeit ihrer Eltern nie groß interessiert. Es war gemütlich, in der Küche zu sitzen, wenn ihr Vater für die Gäste in ihrem Restaurant »Zum Landsknecht« kochte und ihr immer mal wieder einen Leckerbissen zuschob, aber es war eher lästig, wenn ihre Mutter sie bat, im Service mitzuhelfen. Und sie hatte auch ständig prima Ausreden: Mal die Schule und dann der Stall, denn seitdem sie die stolze Besitzerin eines Ponys war, konnte sie das prima vorschieben – zumal ihre Eltern keine Ahnung von Pferden und Stallarbeiten hatten. Außerdem war sie ja sowieso am liebsten mit ihren Pferde-Freundinnen zusammen. Da konnten sie sich herrlich ausleben, mal bei einem gemeinsamen Ausritt oder bei den Reitstunden, aber oftmals einfach auch nur zusammen in ihrem Versteck auf dem Heuboden bei Chips und Cola. Was hatten sie dort nicht schon alles ausgeheckt – und was hatten sie nicht schon alles zusammen erlebt: ein Pony entführt, das verkauft werden sollte, dann Pferde eingefangen, die im Winter herumirrten, und natürlich über sämtliche Jungs gesprochen, die ihnen so über den Weg liefen. Und jede hatte da so ihre spezielle Liebe. Bei Kaya hieß die Liebe Chris.

Aber, wie auch immer, Chris war weit weg und jetzt war sie hier und das Fünf-Sterne-Hotel würde für die nächsten Wochen ihre Heimat sein. Wer konnte schon so was von sich behaupten. Sogar ihre eigenen Eltern waren ganz ehrfürchtig gewesen, als die Zusage kam. »Dort verkehren nur die Reichen und die Schönen«, hatte ihre Mutter ihr augenzwinkernd zugeflüstert und ihr Vater hatte sie scherzhaft am Ohrläppchen gezogen: »Unsereins also nicht!« Was ihm einen leichten Boxhieb seiner Frau einbrachte. Ja, stimmt, dachte Kaya, reich waren sie nicht, aber ihre Mutter Karin sah mit ihren 42 Jahren noch immer verdammt gut aus und auch ihr Vater Harry war ein Typ, der bei den Frauen gut ankam. Und alles zusammen hatte ihre 19-jährige Schwester Alexa geerbt, wie Kaya zwischendurch neidvoll dachte. Sie selbst fand ihre Nase zu groß, ihren Busen zu klein und die dunklen Augen zu tiefliegend. Richtig schön fand sie dagegen ihren Mund. Kirschform, hatte Chris mal gesagt, doch obwohl sie fast durchgehend in ihn verliebt gewesen war, hatte er zwar mit ihr geflirtet und auch mal geknutscht, aber so richtig wollte er sie offenbar nicht haben. Das saß wie ein leiser, bohrender Stachel in ihrem Herz. Kurz sah Kaya ihn vor sich, mit seinen wilden, dunkelblonden Haaren und den blauen Augen, dann schüttelte sie den Gedanken ab. Sie musste jetzt endlich in ihr Zimmer, morgen war ihr erster Arbeitstag.

Ihr Zimmer teilte sie sich mit Lisa. Lisa war Lehrling im ersten Jahr, kam aus der Steiermark und anfangs hatte Kaya Mühe, sie zu verstehen. Aber Lisa lachte nur darüber, wie sie mit ihren 15 Jahren über alles herzhaft lachen konnte. Für Kaya war sie der Inbegriff eines gesunden Landkindes, fröhlich und pausbäckig, und mit ihrer drallen Figur passte sie perfekt in das Dirndl, das im Hotel als Arbeitskleidung vorgeschrieben war. Außerdem konnte sie Kaya gute Tipps geben. Mit Pferden hatte sie zwar nichts am Hut, dafür kannte sie jeden Jungen zwischen 15 und 20, der irgendwie im Hotel beschäftigt war.

Kayas Arbeitstag begann um acht Uhr. Die Besitzer des Hotels, Familie Hauser, hatte sie gestern schon kennengelernt. Doch heute wollte die Direktrice Trixi Moser sie durchs Haus führen und dann hieß es, sich geschickt anzustellen, denn ihren Job hatte sie an der Bar, von wo aus die Gäste am Swimmingpool und an der Liegewiese betreut wurden. Schon der Gedanke daran, ein Tablett mit Cocktails oder Biergläsern über die Wiese zu balancieren, ließ sie erschaudern. Zu Hause hatte sie sich gern ungeschickt angestellt, das bewahrte sie vor zu großem Arbeitseinsatz. Hoffentlich verfolgte sie das jetzt nicht.

Trixi Moser war hübsch und hatte eine offene Art, dadurch legte sich ihre Aufregung etwas. Und außerdem lobte sie ihr Dirndl, was Kaya half, sich wohler zu fühlen. In ihrem ganzen Leben hatte sie noch nie ein Dirndl getragen, noch nicht mal als kleines Mädchen, und sie kam sich anfangs fürchterlich affig darin vor. Außerdem fand sie es unnötig, sich wegen eines Ferienjobs ein Dirndl zu kaufen, aber ihr Vater meinte nur, dass sie somit auch fürs Oktoberfest in München ausgestattet sei, und das ließ sie dann wieder gelten. Ihr Spiegelbild hatte ihr heute Morgen allerdings nicht gefallen, sie war für ein Dirndl zu dünn, fand sie, und ihr Busen versteckte sich hinter den Rüschen der weißen Bluse. Aber Lisa hatte begeistert in die Hände geklatscht und mit ihren runden Augen gekullert. »Famos!«, war ihr Kommentar und dann klärte sie Kaya auf, dass sie die Schleife ihrer Schürze auf der linken Seite binden müsse. So wie jetzt, rechts, stünde das nur einer verheirateten Frau zu. »Und mittig?«, wollte Kaya wissen. In der Mitte sei es die Demonstration der Unentschlossenheit. Vielleicht gebunden und trotzdem offen für alles.

Kaya hatte kurz an Chris gedacht. Sie hätte gerne rechts getragen, nicht verheiratet, aber gebunden. Und dann fiel ihr der Mann aus der Pferdebox ein. Aber das hatte sie Lisa nicht fragen können, schließlich waren solche nächtlichen Eigenmächtigkeiten strengstens verboten.

Trixi Moser war ihr vorangegangen. Ihr knielanges, hellgrünes Dirndl schwang energievoll um ihre Beine und sie hatte für jeden ein freundliches Lächeln auf den Lippen. Lächeln und grüßen, das war ihr schon in den ersten Minuten gesagt worden, lächeln und grüßen sind hier enorm wichtig. Und zwar immer. Und bei jedem, der einem entgegenkam, ob Gast oder Kollege. Kaya fand, dass sich das zwar einfach anhörte, aber für eine Sechzehnjährige, die auch gern mal ihren Missmut in die Welt trug, gar nicht so einfach war. »Kannst du vielleicht auch mal wieder ein freundliches Gesicht machen?«, hatte sich ihre Mutter kürzlich bei ihr beschwert, aber dazu hatte sie keine Lust. Ihre Mutter nervte sie, ständig wollte sie Sachen wissen, die sie überhaupt nichts angingen. Kaya hatte sie sogar im Verdacht, sich heimlich in ihrem Zimmer umgesehen zu haben, und das war ja wohl das Letzte! Aber gut, hier war Lächeln angesagt, also lächelte sie, was das Zeug hielt.

Bei Leo wäre es ihr dann fast vergangen. Er erklärte ihr die Kuchentheke, führte die professionelle Kaffeemaschine vor, zeigte ihr die gängigsten Drinks, außerdem, wie man ein Pils ordentlich zapft und einen Aperol Spritz mischt. Wie man mehrere Gläser auf ein Tablett packt und dies schließlich auch noch trägt. Kaya schwirrte der Kopf und außerdem fühlte sie sich im engen Dirndl völlig unbeweglich, wie gern hätte sie jetzt bequeme Jeans und T-Shirt angehabt. Aber da ließ sich bereits eine ältere Dame auf einem der Liegestühle nieder und schaute auffordernd herüber.

»Das ist Gräfin Eleonore zu Klausenthal. Da können Sie gleich mal einen Versuch starten. Freundlich nach den Wünschen fragen. Also …« Leo sah sie durchdringend an und seine blauen Augen stachen aus seinem braun gebrannten Gesicht heraus. »Guten Morgen, Gräfin, was darf ich Ihnen bringen?«

Kaya nickte und sagte sich den Satz vor, bis sie bei der Gräfin stand. Sie trug einen offenen weißen Hotelbademantel über ihrem violettfarbenen Badeanzug und sah zu ihr hoch. Kaya schätzte sie auf siebzig. Mindestens.

Ihre braune lederne Gesichtshaut hatte sich in Falten gelegt und erinnerte Kaya an eine chinesische Hunderasse, die sie mal im Fernsehen gesehen hatte. Aber ihr Blick war freundlich und offensichtlich wollte sie Kaya nichts Böses. Nur dass sie ihren knallroten Lippenstift über die Lippen hinausgemalt hatte, brachte Kaya aus dem Konzept.

»Äh«, sagte sie.

»Guten Morgen, junges Fräulein«, antwortete die Gräfin und lächelte mit offenem Mund. Sie hatte beim Schminken auch die Zähne erwischt! Sollte sie ihr das sagen? So konnte sie doch nicht herumlaufen!

»Ähm«, machte Kaya und überlegte fieberhaft. War ein Hinweis richtig oder falsch?

»Sind Sie neu hier?«

»Oh ja, ja. Entschuldigung.« Kaya entschied, nichts zu erwähnen. Vielleicht lief sie ja immer so herum. »Was wünschen Sie?«

»Oh, wünschen …« Sie zog das Wort unendlich lang. »Wünschen würde ich mir vieles. Einen jungen, attraktiven Mann an meine Seite, zum Beispiel.«

Kaya starrte sie an. Dann riss sie sich zusammen.

»Ähm, ja, wer tut das nicht«, antwortete sie, was die Gräfin zu einer Lachsalve veranlasste.

»Hi, hi, köstlich«, sagte sie und hüstelte in ihre Hand. Jetzt waren auch ihre Finger rot. Das war ein verdammt schlechter Lippenstift, dachte Kaya, der hielt ja überhaupt nicht. »Aber bringen dürfen Sie mir einen Bellini. Ich muss den Morgen ja gebührend begrüßen.«

»Sehr gern«, sagte Kaya, die keine Ahnung hatte, was die Gräfin da trinken wollte. Oder war es etwas zu essen?

»Einen Bellini«, bestellte Kaya bei Leo und sah zu, wie er einen weißen Pfirsich mit etwas Wasser und Zuckersirup pürierte, in eine Sektschale gab und mit kaltem Champagner auffüllte.

»Das ist ein Bellini«, sagte er und zwinkerte ihr zu. »Als Nächstes wird sie einen Sir Henry bestellen, so hieß nämlich ihr Mann.«

»Lebt er nicht mehr?«

»Sie hat ihn eingemauert, sagt man. Aber immerhin trinkt sie noch auf ihn.«

Kaya wäre fast das dünnstielige Glas aus der Hand gerutscht. »Sie hat was?«

Leos Augenbrauen hoben sich. Sie waren dicht und buschig und überhaupt die einzigen Haare, die er am Kopf trug.

»Irgendwann war er nicht mehr dabei. Im Jahr zuvor war er mit einer Geliebten hier und ein Jahr später verschollen.«

»Und da … glaubt ihr?«

»Sie sagt das selbst.«

Wollte er sie veräppeln? Kaya stellte das Glas auf ein kleines Silbertablett, das ihr Leo reichte, und ging damit langsam auf die Gräfin zu. Nur nicht stolpern, dachte sie, wäre es aber fast doch, denn zwei Möpse kamen angeschossen, die sich unbedingt um sie herum jagen mussten.

»Bruce Willis!«, rief eine schrille Stimme, aber Kaya beschloss, sich nicht ablenken zu lassen.

»Bitte, Ihr Bellini«, sagte sie zur Gräfin und stellte das Tablett ohne Unfall auf einem Beistelltisch ab.

»Ach, die schon wieder«, sagte die Gräfin und sah an ihr vorbei. »So ein kapriziöses Miststück. Ist nur berühmt, weil sie berühmt ist. Geleistet hat sie nichts.«

Jetzt war Kaya aber doch neugierig geworden und drehte sich um. Mit überdimensionalem Sonnenhut näherte sich eine gertenschlanke Frau im schwarzen Bikini und auf hohen Hacken, mit denen sie stochernd über die Wiese stolzierte.

»Bruce!«, kreischte sie wieder. »Willis!«

»Die dürfen überhaupt nicht auf die Kaiserwiese!« Die Gräfin deutete mit dem Zeigefinger auf die beiden Hunde und erhob die Stimme. »Schaffen Sie die Viecher da weg!«

Kaya sah sich hilflos nach Leo um. Was war zu tun? Aber Leo war wohl mal kurz hineingegangen, die Bar war verwaist. Mussten sich denn morgens um neun schon so viele Menschen auf der Wiese herumtreiben? Hatten die nichts Besseres zu tun?

Die neu Ankommende ging gar nicht darauf ein, sondern

legte ihr mitgebrachtes Badetuch auf eine Liege direkt am Pool und schnippte mit den Fingern.

Kaya betrachtete sie und fragte sich, was das sollte, bis ihr auffiel, dass sie gemeint war.

»Service!«, kam die Aufforderung mit Nachdruck und jetzt war klar, Kaya war der Service, also musste sie hin.

»Geben Sie ihr am besten Gift«, riet die Gräfin, aber Kaya verzog keine Miene. Wenn nur Leo endlich wieder da wäre.

»Guten Morgen«, sagte sie, wie Leo es ihr beigebracht hatte. »Was darf ich Ihnen bringen?«

»Zunächst mal schaffen Sie das alte Schrapnell weg und dann MaHaLo für die Hunde und einen Latte macchiato für mich! Er kennt meine Milchsorte.«

Sie war noch keine dreißig, so viel war sicher. Aber von Kopf bis Fuß, vom funkelnden Fußkettchen bis zu den glitzernden Ohrringen, wirkte sie teuer. »Ja, bitte«, fuhr sie jetzt Kaya an. »Was ist?«

Offensichtlich hatte sie zu lange gezögert. Aber bitte, wann begegnete sie schon mal solchen Leuten? Da war einmal schauen doch wohl legitim?

Kaya nickte nur und hatte prompt vergessen, was sie für ihre Hunde wollte. Eine Wurst? Oder was hatte sie da gesagt?

Die Sonne stand schon ganz ordentlich heiß am Himmel und langsam kam Kaya ins Schwitzen. Das konnte ja heiter werden. Den ganzen Tag auf der Kaiserwiese und das bei dreißig Grad? Im Dirndl? Ohne einen einzigen Sprung ins Wasser?

Leo war zurück. Gott sei Dank!

»Leo, sie möchte irgendwas Komisches für ihre Hunde …«

»… die hier gleich wieder rausfliegen«, unterbrach er sie.

»Und außerdem einen Latte macchiato mit einer besonderen Milch.«

»Biomilch. Kriegen hier sowieso alle. Aber dass wir ein Biohotel sind, hat sie irgendwie noch nicht kapiert!«

»Wer ist das denn?«

»Ach, eine, die sich wichtigmacht. War mal bei irgendeiner Castingshow dabei. Fragen Sie mich nicht.«

»Und das Zeug für die Hunde?«

»MaHaLo. Haiwaiianisches Tiefseewasser. Musste extra wegen dieser Möpse ins Sortiment.«

»Sind alle so?«

»Nein!« Er grinste von einem Ohr zum anderen. »Das sind unsere beiden Dramaqueens. Die, die wirklich was draufhaben, bemerkst du gar nicht, die sind normaler als normal.«

»Ich habe kürzlich gelesen, dass Nena ihre Hotelzimmer weiß abgedeckt haben will«, plauderte Kaya, während sie Leo beim Richten der Bestellungen zusah. »Dabei dachte ich immer, sie wäre eine völlig Normale. So tut sie doch!«

»Wer ist schon völlig normal?«

Leo füllte zwei Hundenäpfe mit Wasser und hielt die Flasche hoch. »Die kostet schon im Einkauf 4 Euro«, sagte er dazu. »Aber wer's will, soll's kriegen und glücklich damit sein.«

»Hawaiianisches Tiefseewasser für die Möpse«, wiederholte Kaya nachdenklich und beschloss, weiter nichts dazu zu sagen und ihre Gedanken an Armut und Elend für sich zu behalten.

»Bitte sehr«, sagte sie mit einem Lächeln und betont höflich, als sie die Wassernäpfe und dann auch noch den Macchiato bei der Dramaqueen abstellte. Die würdigte sie keines Blickes, sondern legte ihren Körper in Position – exakt der Sonne entgegen.

Am Abend war Kaya todmüde. Nie im Leben hätte sie sich vorstellen können, dass es im Service so anstrengend ist. Die Füße taten ihr weh, der Rücken und auch die Arme. Sie war es einfach nicht gewöhnt, ständig Serviertabletts durch die Gegend zu tragen und sich dann auch immer noch auf Bestellungen konzentrieren zu müssen. Morgen würde sie lernen, selbst zu bonieren und nicht mehr alles Leo machen zu lassen. Aber Leo hatte behauptet, es sei easy und überhaupt kein Problem.

Zur Stoßzeit am Nachmittag war Verstärkung gekommen und genau genommen fühlte sich Kaya schlapper, als gerechtfertigt war. Als Lisa ins Zimmer kam, lag sie schon im Bett.

»He«, sagte Lisa und setzte sich auf ihre Bettkante. »Es ist noch nicht mal acht. Wir treffen uns jetzt alle am Badesee.«

»Am Badesee?«, gähnte Kaya. »Wo?«

»Hier in Going.«

Kaya überlegte. »Was heißt alle?«

»Na, es gibt hier etwa 240 Angestellte und 28 Lehrlinge, das lässt sich nicht so genau sagen …«

»Zweihundert … was?« Kaya schüttelte den Kopf. »Und alle in so einem kleinen Badesee?« Sie dachte an den Bodensee zu Hause. »Nein. Vielen Dank!«

Lisa lachte. »Erhol dich mal. In ein paar Tagen sieht die Welt völlig anders aus!«

Kaya wollte antworten, aber sie war bereits eingeschlafen.

2. Kapitel

Die Welt sah drei Tage später wirklich anders aus. Kaya konnte sich bereits die Namen einiger Gäste merken, hatte Leo das »Du« angeboten, weil ihr sein »Sie« zu fremd war, und sie wusste, wie die Gebäude angeordnet waren – aber vor allem war sie mit Elisabeth Hauser ins Gespräch gekommen und das war das Highlight des Morgens gewesen. Elisabeth war die Herrin über die Pferde und den Reitstall und Kaya konnte gleich mal ihre Sehnsucht loswerden: nach Pferdeduft, nach weichen Pferdelippen und nicht zuletzt nach einem zünftigen Ausritt. Elisabeth hatte wissend gelächelt und sie für die Mittagszeit eingeladen. Hochoffiziell durfte sie jetzt die Pferde und den Reitstall kennenlernen. Kaya war überglücklich und kam völlig aufgedreht zu ihrem Dienst.

»Hoppla!« Leo sah sie verschmitzt an. »Was ist denn passiert?«

»Wieso?«

»Deine Augen funkeln und du strahlst, als sei gerade dein Geburtstag und Weihnachten zusammengefallen!«

»Ist auch so!«

Sie sah sich schnell um, noch waren die Liegen auf der

Kaiserwiese leer, aber Leo richtete bereits alles, was er nachher für die Cocktails brauchen konnte.

»Ein Typ?«

»Ein Typ?« Kaya sagte es mit fast entrüstetem Unterton. »Neein! Ein Pferd! Oder besser gesagt, Pferde. Alle. Die Lipizzaner. Ich darf heute Mittag in den Stall!«

Leo sah sie durch ein Glas an, das er gerade prüfend gegen die Sonne gehalten hatte.

»Pferde!« Er schüttelte den Kopf. »Ich glaub's nicht. Die stinken, können beißen und sind mörderisch in jeder Beziehung!«

»Pferde sind wunderbar!«, entrüstete sich Kaya. »Es sind göttliche Geschöpfe, sie sind …«

Leo machte eine Kopfbewegung und Kaya verstand, dass jemand an die Theke gekommen war, und brach ab. Aber noch bevor sie sich umdrehte, wusste sie, wer es war. Diesen Duft hätte sie aus Hunderten herausgekannt. Kurz erstarrte sie, völlig gefangen in ihren Gefühlen, denn jetzt griff eine völlig andere Aufregung nach ihr als die von heute Morgen.

»Da hat sie recht«, sagte eine männliche Stimme in ihrem Rücken. »Pferde sind göttliche Geschöpfe.« Eine kurze Pause. »Ganz genau wie Frauen.« Kaya befürchtete, rot zu werden, aber jetzt musste sie sich umdrehen, ob sie wollte oder nicht. Er war ein Gast und es war ihre Pflicht. Trotzdem zögerte sie noch.

Wie würde er aussehen? Verpasste ihr ihre Fantasie jetzt eine Enttäuschung?

»Bei Frauen bin ich da völlig d'accord«, sagte Leo und zwinkerte Kaya zu. »Was dürfen wir Ihnen denn anbieten?«

Kaya drehte sich um und glaubte, der Schlag müsse sie treffen. Es war Lin Aston. Ganz sicher war er das. Sie hatte ihn zwar noch nie live gesehen, aber oft genug mit seiner Band im Fernsehen. Und jetzt stand er hier. Vor ihr. Wahnsinn!

Er lächelte ihr zu und Kayas Herz schlug bis zum Hals. Hatte er sie vielleicht doch gesehen, dort in der Stallgasse, zusammengekauert in der dunklen Ecke? Und dann war es also tatsächlich sein Pferd, bei dem er gestanden hatte?

»Ein Cappuccino wäre schon mal ganz schön«, sagte er zu ihr und erst da fiel es Kaya auf und durchzuckte sie wie ein Blitz. Er hatte einen Mops unter dem Arm. Er trug einen der Möpse von dieser unaussprechlichen Kuh! War er etwa mit ihr liiert? Tausend Gedanken schossen ihr gleichzeitig durch den Kopf, bis ihr auffiel, dass sie ihn sprachlos anstarrte. Sie räusperte sich und sah sich nach Leo um. Der stand schon an der Kaffeemaschine. »Aber gern«, sagte sie und drehte sich wieder zu ihm hin. »Darf es für den Mops auch was sein?«, fragte sie zuckersüß.

»Wasser wäre nicht schlecht. Er war mit mir laufen.«

Das konnte ja nicht viel gewesen sein, lag ihr auf der Zunge, aber sie hütete sich, ihre Gedanken auszusprechen.

»MaHaLo?«, fragte sie sachkundig.

»Leitungswasser«, gab er zur Antwort und das machte ihn gleich richtig sympathisch. Aber das war ja auch nicht schwer. Dass er 22 Jahre alt war, wusste sie aus den Medien. Aber jetzt, so nah, sah er jünger aus. Seine dunklen Haare, die bei seinen Auftritten vom Hinterkopf aus nach vorn gekämmt waren, ganz dem englischen Stil entsprechend, sahen jetzt nach frühmorgendlichem Fünf-Finger-System aus, seine Wangen waren durch den nächtlichen Bartwuchs dunkel und ließen trotzdem das Grübchen im Kinn erkennen, das sie auf seinen Fotos so sexy fand. Und hier stand er nun leibhaftig in schwarzer Sporthose und schwarzem T-Shirt vor ihr und seine braunen Augen ruhten auf ihr. Er war einfach unbeschreiblich sexy!

»Oder habt ihr kein Leitungswasser?«

Kaya erwachte aus ihren Gedanken. »Doch, natürlich, entschuldigen Sie … es ist nur, ich dachte, die Möpse vertragen kein natürliches Wasser.«

»MaHaLo ist auch natürlich«, kam die Stimme aus dem Hintergrund und Leo streckte ihr ein kleines Tablett mit der Tasse Cappuccino entgegen. »Es ist eben aus Hawaii. Und unser Wasser aus Bayern.« So, wie er das sagte, ließ er keinen Zweifel daran, welchem Wasser er den Vorzug gab.

»Und wo ist der zweite Mops?«, wollte Kaya wissen, während sie sich nach den Hundenäpfen in der untersten Regalreihe bückte.

»Bei seinem Frauchen. Sie braucht einen Beschützer.«

Kaya wollte losprusten, sah aber vorsichtshalber erst nach, ob Lin das im Scherz gesagt hatte. Es sah nicht so aus.

»Ah, ja«, sagte sie deshalb und warf Leo einen Blick zu,

den er mit einem leichten Zucken um die Mundwinkel zurückgab.

»Darf ich Ihnen Cappuccino und Napf irgendwohin servieren?«, fragte Kaya und fand sich großartig in ihrer Rolle. Wie ein alter Hase fühlte sie sich und nicht wie ein junges Küken, das vor vier Tagen noch nicht einmal da gewesen war.

»Zimmer 205«, gab er zur Antwort.

Erneut warf sie Leo einen Blick zu. Diesmal Hilfe suchend.

»Gern irgendwo hier auf der Kaiserwiese«, stand Leo ihr bei. »Für die Zimmer ist der Zimmerservice zuständig.«

»Dann trinke ich das hier im Stehen«, sagte er und zwinkerte Kaya zu. »Und wann sind Sie im Zimmerservice?«

»Überhaupt nicht«, erwiderte Leo mit barschem Unterton. »Fräulein Kaya ist mir zugewiesen, und da bleibt sie auch.«

»Also Kayaaaa«, er dehnte das A ins Unendliche und beachtete Leo überhaupt nicht. »Schöner Name.«

Damit zog er ab. Leo griff nach Kayas Tablett. »Das bring mal lieber ich!«

»Wieso denn das?«, wehrte Kaya ab.

»Weil ich nicht will, dass er dich in irgendeiner Form bedrängt.«

»Das tut er doch überhaupt nicht …«

Leo zeigte zur Wiese.

»Schau, da kommt Dr. Wagner nach seinem Morgensport, den fandest du doch so nett, übernimm lieber den.«

Au Mann, dachte Kaya. Ausgerechnet jetzt! Aber sie wagte nicht zu widersprechen, schließlich war Leo der Boss.

Dr. Wagner war Chefarzt in einer süddeutschen Klinik, das hatte Kaya schon mitgekriegt, und er war freundlich und leutselig.

»Ein Traum, morgens ohne einen einzigen Termin aufzuwachen«, begrüßte er Kaya, die auf ihn zutrat.

»Ja, aber Sie haben doch jede Menge Termine. Morgens schwimmen, dann golfen, dann Yoga – und was Sie mir schon alles erzählt haben, das ist doch mehr als genug!«

Er lachte und seine graublauen Augen blitzten. Vielleicht machten ihn seine grau melierten Haare älter, als er tatsächlich war, überlegte Kaya.

»Ja, aber das sind alles selbst gemachte Termine, das ist etwas ganz anderes, das macht mir alles Spaß.«

Kaya dachte an ihre Ausritte, stimmt, da machte ihr das frühe Aufstehen auch nichts aus, während sie ständig zu spät zur Schule kam, weil sie einfach nicht aus dem Bett wollte. Zur Verzweiflung ihrer Mutter übrigens, aber das war ein anderes Thema. Sie grinste in sich hinein, dann fiel ihr auf, dass Dr. Wagner sie erwartungsvoll ansah.

»Entschuldigen Sie«, sagte sie schnell. »Den üblichen Cappuccino mit einem Croissant?«

»Und heute noch mit einem Orangensaft, frisch gepresst, bitte.«

»Gern!«

»Übrigens steht Ihnen das Dirndl ausgezeichnet!«

Meinte er das ernst? Ihr Blick musste so fragend gewesen sein, dass er spontan lachte. »Tragen Sie sonst nie ein Dirndl?«

»Es ist mein erstes.«

»Fühlen Sie sich darin wohl?«

Sie zögerte. Durfte sie die Wahrheit sagen?

»Noch nicht«, meinte sie leise.

»Aber das frische Türkis passt hervorragend zu Ihren Augen. Glauben Sie einem alten Arzt.«

»Sind Sie Augenarzt?«

Er lachte wieder.

»Nein, aber ich habe Augen im Kopf.«

Kaya wurde verlegen. Wie meinte er das? Sie lächelte ihm zu und ging zur Theke zurück. Leo bereitete schon den Cappuccino vor und nickte ihr zu. »Die Gäste mögen dich. Das ist schon mal gut.«

»Wofür?«

»Fürs Trinkgeld.«

Kaya musste lachen und gab ihre Bestellung auf.

»Die Gräfin …« Er machte eine Kopfbewegung. »Und dahinter das Ehepaar Koller. Und der zweite Mops.«

»Alleine?«

»Mit Frauchen.«

Kaya verkniff es sich, sich sofort umzudrehen.

»Mops zu Mops?«, fragte sie nur.

»Mops zu Mops!«

Verdammt, dachte sie, dann hatte Lin, ihr Lin Aston, tatsächlich was mit dieser MaHaLo-Zicke und machte sie nur mal so nebenbei an.

»Also, dann los«, forderte Leo sie auf. »Den Bellini für die Gräfin kann ich ja wohl schon mal vorbereiten.«

Kaya hätte Lin gern zugelächelt, aber ihre Gedanken waren ihr schon vorausgeeilt. Was hatte diese Dramaqueen an sich, was sie nicht hatte?

Die Kollers hatten ihre Sachen auf zwei Liegestühlen abgelegt und waren schwimmen gegangen. Das taten hier viele, war Kaya schon aufgefallen. Ab zehn Uhr füllte sich der Garten mit Gästen, die irgendeine Art von Morgensport betrieben und sich anschließend gemütlich zu einem zweiten Frühstück, einem Cappuccino oder einem ersten Glas Champagner einfanden. So richtig hektisch wurde es erst am Nachmittag, aber da stießen Hella und Marvin dazu, die vorher zur Mittagszeit im Restaurant bedient hatten. Dann lief sie eigentlich nur noch mit und schaute zu, wie schnell und reibungslos alles klappte.

Wenn es doch nur schon zwölf wäre, dachte Kaya, während sie auf die Gräfin zuging und aus dem Augenwinkel Lin und die Dramaqueen auf einer breiten Loungecouch eng nebeneinandersitzen sah. Sollte es so sein, dass sie sich schon wieder unglücklich verliebte? War Chris in ihrem Leben nicht genug? Immer mal wieder Hoffnung, eine Umarmung, ein Kuss, mal geknutscht und dann hatte er sich im letzten Jahr in ein Mädchen verliebt, das neu an ihre Schule gekommen war. Eine, die mit Pferden überhaupt nichts am Hut hatte. Eine, die sogar behauptete, mit Tieren nichts anfangen zu können. Ausgerechnet in so eine verliebte sich ihr Chris, er, der vor zwei Jahren noch aktiv gegen die mörderischen Fohlenversteigerungen in Maishofen demonstriert und sich gegen Tierquälerei eingesetzt hatte – ausgerechnet er verliebte sich in diese Dominique. Und warum? Weil sie Französin und somit etwas Besonderes war? Oder weil sie so lange, blonde Haare hatte wie sonst keine an der Schule? Wusste er überhaupt, was er Kaya damit antat? Für alle hatten sie beide lange Zeit als das ideale Paar gegolten. Sie waren viel miteinander unterwegs, oft gemeinsam mit ihren Ponys auf Reitturnieren, hatten sich gut verstanden, viel gelacht und Kaya hatte immer gewusst, dass es ihm eines Tages aufgehen musste, dass er eines Tages kapieren würde, dass sie die Richtige für ihn war. Und da kam Dominique daher und schnappte ihn ihr vor aller Augen weg. Diese Demütigung spürte sie jetzt noch, sobald sie nur an ihn dachte. Dieses Grimmen und Zwicken im Magen, die Tränen, die locker saßen, und gleichzeitig musste sie ständig die Coole spielen, so als sei es ein abgekartetes Spiel, dass er nun eine andere hatte. Einvernehmlich unter guten Freunden. Oh Scheiße!!!

»Das Fräulein Kaya!« Die Gräfin lächelte sie mit roten Zähnen an. Inzwischen hatte Kaya es aufgegeben, sich darüber Gedanken zu machen. Es war ja schließlich auch nicht ihr Problem, oder?

»War Herr Professor Wagner heute schon schwimmen?«

Kaya sah irritiert zu Dr. Wagner hinüber, der sich bequem

auf seinem Liegestuhl ausgestreckt hatte und augenscheinlich in der Sonne döste.

»Irgendein Morgenprogramm hat er schon hinter sich«, gab sie zur Antwort. »Aber ob er schwimmen war oder sonst was gemacht hat, weiß ich nicht.«

»Finden Sie nicht auch, dass er ein attraktiver Mann ist?«

Nein, das fand Kaya nicht. Viel zu alt. Für die Gräfin dagegen viel zu jung. Aber lag so etwas nicht sowieso im Auge des Betrachters?

»Ganz bestimmt ist er ein außergewöhnlicher Mann«, stimmte sie halbherzig zu. Die Gräfin deutete auf das nahe Schwimmbecken, dessen Wasser hellblau schimmerte.

»Ich werde ihn fragen, ob er mit mir eine Runde schwimmen geht. Meinen Sie, das könnte ich tun?«

Himmel! Sie war doch keine Eheberaterin.

»Oder könnten *Sie* das für mich tun?«

Kaya war ratlos. Durfte sie so etwas überhaupt? Verkuppelung? Das war in Österreich doch bestimmt noch strafbar.

»Ich glaube, der Herr Doktor schläft gerade«, sagte sie vorsichtig und wies zu seinem Liegestuhl.

»Service!« Das war unüberhörbar die Dramaqueen. Davon konnten Tote wach werden. Und auch der Chefarzt, wie Kaya jetzt sah. Er richtete sich auf und sah sich um.

»Service!« Wie konnte Lin mit so jemandem auf ein und derselben Couch sitzen?

»Ich muss leider gehen«, sagte Kaya zur Gräfin. »Aber ein Bellini, das ist schon richtig?«

»Lieber gleich einen Sir Henry«, winkte die Gräfin ab. »Einen doppelten. Das ist mit dieser Amateurprominenten ja nicht auszuhalten.«

Kaya machte Leo ein Negativzeichen, aber er sah sie nicht. Die Liegewiese war auch wirklich groß und füllte sich jetzt von mehreren Seiten.

»Guten Morgen«, sagte Kaya freundlich, als sie vor Lin und der Dramaqueen stand. »Was darf's sein?«

»Vielleicht zunächst mal eine etwas flottere Bedienung?«, fuhr die Frau sie an.

»Na, na«, dämpfte Lin. »Gemach, gemach!«

»Dass du dich da wieder einmischen musst, ist ja klar!« Sie sah ihn durch die riesigen Gläser ihrer Designer-Sonnenbrille missbilligend an. »Ist ja schließlich auch ein neuer Rock!«

»Und ein besonders hübscher«, gab Lin ungerührt zur Antwort. »Du solltest vielleicht auch mal ein Dirndl tragen, das weckt die Begehrlichkeit im Mann.«

»Phh!« Sie wandte sich von ihm ab. »Was glotzen Sie so?«, fuhr sie Kaya an, die sie überhaupt nicht angesehen hatte, sondern Lin musterte. Warum war so einer wie er, ein so erfolgreicher Typ, bloß mit so einer Schreckschraube zusammen? »Für mich einen Latte macchiato mit besonderer Milch und für die Hunde MaHaLo.« Mit einem kritischen Blick über den oberen Rand ihrer Sonnenbrille sagte sie: »Kennen Sie das überhaupt?«

»Das hawaiianische Tiefseewasser? Aber natürlich«, erklärte Kaya emotionslos. »Das trinken bei uns zu Hause die Pferde. Ist wirklich bekömmlich!«

Sie runzelte die Stirn, sagte aber nichts mehr darauf, während Lin schallend loslachte. »Sind das arabische Rennpferde mit Goldzaum?«, wollte er belustigt wissen.

»Nein, Haflinger, Klopstocker und die Kaltblutpferde meiner Großmutter.« Und wenn sie sie jetzt feuerten, in diesem Moment war Kaya das egal.

»Na, Hauptsache, es kommt bald!« Sie zog die aufgeschlagene BUNTE aus ihrer überdimensionalen Tasche. »Hast du das schon gelesen?«, wandte sie sich Lin zu und deutete auf einen Artikel.

Kaya machte, dass sie fortkam. Jetzt wusste sie immer noch nicht, ob eines der Pferde hier Lin gehörte. Aber dass er es gewesen war, da war sie sich ganz sicher. Auch jetzt noch hatte sie seinen Duft in der Nase.

»Sind die Herrschaften heute etwas schwierig?«, wollte Leo süffisant wissen und schob den fertigen Bellini auf die Seite. »So, den musst du jetzt verkaufen.«

»Wie soll ich das denn machen?«

»Oder selber trinken.«

Dass das strengstens verboten war, war klar. Kein Alkohol, keine Zigaretten und keine Drogen im Dienst, das hatte sie schon beim Einstellungsgespräch gehört.

»Wollen Sie mich loswerden?«

Leo musste lachen. »Nein, ich habe selten eine so nette Ferienjobberin gehabt.«

»Wahrscheinlich hatten Sie noch überhaupt nie eine …«

»Ho, ho, das wüsste ich aber … schau, da kommt das Ehepaar Koller nach dem Schwimmen zurück. Ich würde mal mutmaßen, er möchte ein Hefeweizen und sie einen grünen Tee, aber heute warte ich lieber.«

»Vielleicht mag sie ja einen Bellini?«

Leo zwinkerte ihr zu. »Kannst ihn ja anbieten, wer weiß, wer weiß.«

3. Kapitel

Um Punkt zwölf streckte Kaya den Zeigefinger hoch. »So, jetzt hat die Musterjobberin Pause!«

»Und geht zu den Tieren mit den schlagkräftigen Hufen!«

»Und weichen Lippen!«

»Und großen Zähnen!«

»Und sanften Augen.«

»Und … na ja, geh schon!« Leo schwächte seinen Ton mit einem breiten Grinsen ab und Kaya legte das Geschirrtuch, das sie gerade in der Hand gehalten hatte, schwungvoll zur Seite.

»Untertänigsten Dank!«

»Steht dir ja zu«, hörte sie ihn noch sagen, aber da war sie schon unterwegs, fiebrig vor Erwartung und aufgeregt wie vor ihrer ersten Reitstunde. Trotzdem konnte sie es sich nicht verkneifen, nochmals kurz nach Lin Ausschau zu halten, aber die Loungecouch war leer und auch die Möpse waren verschwunden. Was soll's, sagte sie sich, jedes Pferd ist mehr wert als so ein blöder Typ, der ja sowieso wieder nur rumspielt, nichts ernst meint und nichts auf die Reihe kriegt. Damit hatte sie sich fürs Erste selbst überzeugt, und als sie an der offenen Gestütstüre ankam, blieb sie zunächst mal ehrfürchtig stehen. Jetzt sah sie bei Tag, was sie in der Nacht nur erahnt hatte, und seitdem war sie ja auch nicht mehr da gewesen: Sie standen in großen Boxen links und rechts der Stallgasse, weiße Pferde, ein Schimmel nach dem anderen, versammeltes, edles Lipizzanerblut, eine ehrwürdige Pferderasse mit stolzer Geschichte. Und sie im Dirndl. Das passte nun gar nicht!

»Schön, dass Sie da sind!« Die Stimme kam von hinten und Kaya drehte sich schnell um. Elisabeth Hauser stand hinter ihr und lächelte ihr zu. »Das nennt man einen lebenslänglichen Bazillus, stimmt's?«, fragte sie locker.

»Den Pferdevirus?« Kaya lächelte zurück. »Ja. Ich glaube, wer den mal gefangen hat, wird sich immer nach einem Pferd sehnen.«

»Nun, hier haben Sie sie leibhaftig.« Elisabeth ging an ihr vorbei und stellte ihr nun die einzelnen Pferde vor. »Und das da hinten ist unser Hengst.«

»Und der steht einfach bei den Stuten?«

»Dem gefällt es hier.«

Kaya musste lachen. Sie mochte Elisabeth und vor allem: Sie hatte ebenfalls ein Dirndl an, deshalb musste sie sich nicht komisch vorkommen. Dann fiel ihr Lin ein. Genau in dieser Box hatte er gestanden. Also beim Hengst!

»Gehören die alle Ihnen?«

»Wir haben inzwischen auch ein paar Einstellpferde, aber das hält sich im Rahmen!«

»Und der Hengst?«

»Gehört uns.«

Was hatte Lin dann in der Nacht bei dem Pferd zu suchen?

»Und wer darf den Hengst reiten?«

»Meistens reite ich ihn oder Rafka, sie gibt auch Unterricht. Wir sind insgesamt ein gutes Team hier, fünf Leute, alle top ausgebildet und mit den Pferden sehr lieb. Seit wann reiten Sie denn?«

Oh, ihr ganzes Reiterleben in fünf Minuten zusammenfassen, das war schwierig.

»Ich glaube, wir sind durch unsere Reitlehrerin Claudia ganz gut ausgebildet«, begann Kaya. »Sie achtet darauf, dass die Dressur stimmt, und sogar bei unseren Springreitern wird auf den Turnieren behauptet, dass man sie am Reitstil und der Rittigkeit und Durchlässigkeit der Pferde erkennt.«

Elisabeth nickte. »Das ist ein großes Potenzial, wenn man früh in die richtigen Hände kommt. Ein echtes Geschenk!«

Kaya strahlte. »Ja, wir haben sogar eine Deutsche Meisterin in der Pony-Vielseitigkeit im Stall, allerdings ist ihr Pony Andy zu einer jüngeren Kaderreiterin gegangen, nachdem sie sechzehn war.«

Elisabeth nickte erneut. »Ja, das ist das Schicksal der Ponys. Die Kinder werden zu alt, die Ponys ziehen weiter.«

»Bei uns im Stall war keine gut genug für ihn«, bedauerte Kaya. »Wir sind eben keine Vielseitigkeitsreiter. So ein bisschen Gelände, ja, das schon. Aber ernsthaft über diese gewaltigen Sprünge? Eine Deutsche Meisterschaft? Oder sogar eine Europameisterschaft? Da war er übrigens gerade und hat sogar gewonnen!«

»Das ist ja toll!«

»Ja, Andy ist der Beste. Ein englischer Gentleman mit feinen Manieren und dabei ein Kämpferherz, das vor nichts zurückschreckt. Und auch seine neue Besitzerin sagt, er gibt alles, wenn er geliebt wird.«

»Sie lieben ihn auch?«

Kaya spürte Tränen aufsteigen. »Für mich ist er der Größte. Und obwohl es ihm augenscheinlich gut geht, bin ich sehr traurig, dass er nicht mehr bei uns ist.«

»Das kann ich gut nachfühlen.« Es war kurz still und Kaya hatte den Eindruck, dass Elisabeth ihr am liebsten tröstend die Hand aufgelegt hätte.

»Aber zu Ihnen zurück«, sagte sie dann. »Was reiten Sie?«

»Meine Eltern haben mir bei einer Weihnachtsfeier ein Pony geschenkt, das ist ein Traum, und bei uns im Reitstall gibt es eine Frau, die ein wunderbares Pferd besitzt, aber wenig Zeit hat. Und so reite ich beides, mal groß, mal klein. Und zwischendurch bin ich auch auf Turnieren, aber über L bin ich nicht hinausgekommen, da fehlt mir das richtige Pferd, eben ein eigenes, und vielleicht auch der Mut!«

»Hört sich doch gut an«, richtete Elisabeth Kaya auf, bevor sie in Selbstzweifel versank. »Möchten Sie mal ausreiten?«

»Das ist möglich?« Kaya riss die Augen auf.

»Ja, natürlich. Steht doch wohl auch in Ihrem Mitarbeiter-Hausheft.«

Hatte sie das tatsächlich überlesen?

»Haben Sie denn Reithosen und Stiefel dabei? Einen Helm können wir ausleihen.«

»Oh, nein«, sagte Kaya schnell. »Ich habe natürlich alles dabei, aber ich habe, ehrlich gesagt, nicht zu hoffen gewagt … oder vielleicht doch …«

Elisabeth musste lachen. »Also, eine, die bei L-Prüfungen startet, wird doch wohl auch ausreiten können.«

»Und ob!« Kaya musste ebenfalls lachen. Vor Erleichterung und vor Freude und überhaupt, sie hätte die Welt umarmen können.

»Wann endet denn Ihr Dienst?«

»Um 18 Uhr.«

»Sind Sie anschließend noch fit für eine Reitstunde?«

»Dafür bin ich immer fit. So viel kann gar nicht passieren, dass ich da nicht fit wäre, vor allem bei einer solchen Gelegenheit! Das ist ja … mega!«

»Dann sehen wir uns um sieben? Sie haben Zeit, sich umzuziehen und das Pferd zu richten, und ich habe mein Büro geschlossen, also zeige ich Ihnen die wunderschöne Umgebung mal hoch zu Ross.«

»Und könnten Sie mich dann vielleicht auch duzen? Ich fühle mich so unwohl, wenn ich in einem Pferdestall gesiezt werde.«

Elisabeth reichte ihr die Hand. »Gut, Kaya, bis sieben.«

Vor lauter Freude rief sie gleich zu Hause an. Das hatte sie seit ihrem ersten Tag nicht mehr gemacht, denn für eine tägliche Berichterstattung fand sie sich zu erwachsen. Am Klang der Stimme erkannte sie sofort, dass sich ihre Mutter aufrichtig über ihren Anruf freute.

»Du darfst also reiten? Das hast du dir ja so gewünscht!«

Stimmt, dachte Kaya. Die Lipizzaner waren einer der Gründe gewesen, weshalb sie unbedingt zum *Stanglwirt* wollte. Und jetzt wurde es also wahr!

»Wie geht es euch?«

»Der Laden ist voll, dein Vater wirbelt in der Küche und deine Schwester ist mit Kommilitonen nach Frankreich abgedüst.«

Genau, eine Schwester hatte sie ja auch noch. Seitdem Alexa 19 Jahre alt war und in Heidelberg studierte, war sie irgendwie aus ihrem Leben verschwunden.

»Der geht es gut …«

»Sie hat dafür gejobbt.«

Ja, klar, da kam der alte Gleichstellungsgedanke ihrer Mutter durch. Keine der beiden Schwestern sollte bevorzugt werden. Und gleich würde auch … ja, da war er schon, der Satz: »Und du hast dafür ja Sir Whitefoot. Alexa hatte nie ein eigenes Pony.«

»Ja, korrekt«, gab Kaya ihr recht. »Es ist ja auch voll in Ordnung für mich, wenn es ihr gut geht. Ist ja schließlich meine Schwester …«

»Von Waldmanns soll ich dich grüßen.«

»Von Waldmanns?« Ihr Puls beschleunigte sich.

»Ja, sie waren gestern Abend zum Essen hier. Und liebe

Grüße auch von Chris, er wollte wissen, wie es dir geht und wo du steckst.«

»Oh! Hast du es ihm erzählt?«

Kaya hatte mit ihm kein Sterbenswörtchen mehr gewechselt, nachdem er sie mit dieser blonden Nuss so schmählich verraten hatte. Nur noch vor anderen ganz offiziell auf dem Schulhof, um den fröhlichen Einverständnisschein zu wahren.

»Natürlich. Ich war eher erstaunt, dass er es nicht von dir wusste …« Klar, da hing die Frage nach dem *Warum* in der Luft, aber sie würde einen Teufel tun, ihrer Mutter ihr Seelenleid zu verraten. Sie war alt genug, um das mit sich selbst auszumachen. Außerdem, wie sollte sie das erklären? Ihre Verliebtheit in Chris war jahrelang ihr großes Geheimnis gewesen, das sie erst lüften wollte, wenn er wirklich mit ihr gegangen wäre.

»Och, das schien mir nicht so wichtig. Minka und die anderen kümmern sich um Sir Whitefoot – und Chris ist ja sowieso in einem anderen Stall … war er denn alleine?« Das konnte sie sich nun doch nicht verkneifen.

»Nein, Charlotte war noch dabei. Frau Waldmann hatte Geburtstag, es war ein Familienfest. Wer hätte denn sonst noch dabei sein sollen?«

»Och, nur so …« Charlotte war seine kleine Schwester. Also hatte Dominique bei der Familie Waldmann noch kein richtiges Standing, das war schon mal gut. Kaya konnte sich ein schadenfrohes Grinsen nicht verkneifen.

»Und wie geht es dir sonst?«, wollte ihre Mutter wissen.

»Es sind alle ganz lieb hier, mein Chef an der Kaiserwiese ist total nett, mit ihm kann ich herzlich lachen und die Gäste sind auch okay. Manche etwas exzentrisch, aber das liegt vielleicht am Hotelpreis, kann sich ja auch nicht jeder leisten.«

»Das stimmt …«

Hörte sie da eine kleine Wehmut heraus? Ja, vielleicht. Ihre Eltern schufteten und schufteten in ihrem kleinen Restaurant und trotzdem fehlte es ewig an Geld. Die Waldmanns dagegen hatten alles, was man sich so erträumen konnte: Ein großes Haus, einen Geländewagen, den Simone Waldmann fuhr, einen dicken BMW, der ihrem Mann gehörte, die kleine Charlotte hatte vor zwei Jahren »Dreamy« zu ihrem zehnten Geburtstag bekommen, den Kaya seither dann und wann zur Korrektur ritt, und Chris hatte mit »Wild Thing« sowieso ein Superpony und im letzten Jahr war noch ein Großpferd dazugekommen.

Und alles nur, weil Simone und Fred Waldmann extrem erfolgreich waren. Sie als Steueranwältin und er als Geschäftsmann. So gesehen verstand Kaya, weshalb ihre Schwester Volkswirtschaft studierte. Sie wollte die Dinge mal von oben lenken, hatte sie ihr über ihre Berufswahl gesagt, und nicht am Boden nachlaufen müssen. Na ja, dachte Kaya für sich, ob Alexa dann so viel zu lenken hatte, würde sich noch herausstellen. Sie selbst wusste jedenfalls noch nicht, was sie werden wollte. Am liebsten etwas mit Tieren. Vielleicht Tierärztin? Aber ob dazu ihre Noten ausreichen würden? Bisher war sie kein Überflieger, sondern lernte eher ungern. Und das Abitur rückte bedrohlich näher …

»Ja, mein Schatz, dann muss ich leider … bei uns ist extrem viel los! Ich wünsche dir einen wunderschönen Ausritt, vielleicht meldest du dich mal morgen und erzählst alles ein bisschen genauer und vor allem, wie der Ritt war?«

Ja, morgen war Mittwoch und der einzige Ruhetag im elterlichen Restaurant »Zum Landsknecht«. Aber eigentlich wollte sich Kaya nicht schon wieder so festlegen lassen.

»Ja, okay«, sagte sie trotzdem. »Und grüß bitte Papa von mir, ich vermisse seine Pommes frites …«

»Du vermisst sein Gemüse und den Salat«, antwortete ihre Mutter lachend und Kaya sah sie genau vor sich, ihr verschmitztes Lächeln, ihr glänzendes, schwarzes Haar, das sie gerade bestimmt als lockeren Knoten trug. Das war der alte Kampf in der Küche. Ihr Vater bediente stets ihre Wünsche nach Pommes frites, Knödel, Kässpätzle oder Wiener Schnitzel und ihre Mutter beharrte auf Salat und Gemüse, was ihr aber gar nicht schmeckte.

»Also, von mir aus auch Gemüse und Salat«, lenkte Kaya lachend ein.

»Dann Kuss, meine Tochter!«

»Ciao Mami!«

Es war ein gutes Gefühl, fand Kaya, als sie ihr Handy weglegte. Sie hatte schon tolle Eltern, auch wenn sie in letzter Zeit eher ruppig und abweisend war, musste sie sich das eingestehen. Vielleicht sollte sie mal wieder netter sein? In der Wirtschaft auch mal helfen? Schließlich ermöglichten sie ihr alles, was in ihrer Macht stand. Aber manchmal kannte sie sich eben selbst nicht, das war das Problem. Und dann brauchte sie jemanden, an dem sie es auslassen konnte. Und das war nun eben mal ihre Mutter.

Mit dem Vorsatz, sich zu bessern, deponierte Kaya das Handy in ihrer Schublade, sah auf die Uhr und ging an ihre Arbeit zurück.

»Na, da ist sie ja wieder, die Hübsche«, begrüßte sie Leo.

»Ich darf heute Abend ausreiten!« Kaya strahlte ihn an.

»Fall bloß nicht runter! Ein gebrochener Arm ist keine Entschuldigung, damit kann man immer noch zu den Liegestühlen hinlaufen und auf dem Gips lassen sich jede Menge Gläser transportieren …«

»Ja, ja, schon gut!« Kaya musste lachen. »Ich habe nicht die Absicht, unfreiwillig abzusteigen!«

»Schau, wir haben neue Gäste. Das sind Herr und Frau Niederstetten, die kommen schon seit Jahren regelmäßig zu uns und bleiben meist zwei Wochen. Am besten gehst du schon mal hin und stellst dich vor.«

Kaya sah in die angegebene Richtung und nickte. »Haben die beiden auch einen Standardwunsch?«

»Bei ihr ist es unterschiedlich, er trinkt gern Lagavulin und außerdem singt er gern.«

»Laga… was?«

»Das ist eine bestimmte Sorte Whisky. Schottischer Whisky, ein Single Malt, also ein reiner Whisky, der aus einer einzigen Brennerei kommt und nicht mit einer anderen Whiskysorte verschnitten wurde. Deshalb Single. Und zudem wird ausschließlich gemälzte Gerste verwendet, deshalb Malt. Ein Single Malt ist also besonders hochwertig, zudem auch lang gereift. Verstanden? Bist du jetzt schlauer?«

»Ja, danke. Und wie wird er serviert?« Kaya überlegte. »Auf Eis?«

»Das tun nur die Amerikaner mit ihrem Bourbon. Für die Schotten oder Iren wäre das eine Todsünde. Manche nehmen einfach einen einzigen großen Tropfen Wasser. Angeblich zur Geschmacksverstärkung.«

»MaHaLo?«

Leo musste lachen. »Nein, besonders gutes bayerisches Gebirgswasser ...«

4. *Kapitel*

Kaya war so aufgeregt, dass sie dreimal ins Zimmer zurückmusste. Mal hatte sie ihre Reithandschuhe vergessen, dann das Foto von Sir Whitefoot, das sie Elisabeth doch unbedingt zeigen wollte, und bei diesem zweiten Mal hatte sie wieder ihre Reithandschuhe auf ihrem Nachttisch liegen lassen. *Jetzt nimm dich zusammen*, versuchte sie sich ein ums andere Mal zu beruhigen, aber ihre Nerven hörten einfach nicht auf sie. Als sie im Stall ankam, war es bereits halb sieben. Sie hatte noch genügend Zeit, aber ihr schnellster Anmarsch war es definitiv nicht. Zwei Pferde standen angebunden auf der Stallgasse und eine junge Frau in Reithosen und einem roten Poloshirt striegelte gerade das eine. Als sie Kaya sah, legte sie Bürste und Kardätsche auf dem Boden ab und ging auf sie zu. »Du bist sicherlich Kaya?«

»Ja, stimmt, die bin ich.« Sie spürte den kräftigen Druck einer schlanken Hand.

»Ich bin Julia. Elisabeth hat mich schon informiert. Ich richte gerade ihr Pferd. Das ist *Roulette*, und die dahinter kannst du dir richten, sie heißt *Sentiment*, genannt Susi, weil sie genau wie eine Susi aussieht.«

Kaya musste lachen und ihre erste Befangenheit war sofort verschwunden.

»Dort hinten an der Stallgasse sind kleine Kästchen angebracht, du brauchst nur nach ihrem Namen zu schauen, dann hast du alles, was du für ihre Pflege brauchst.«

»Das ist ja perfekt!«

Kaya dachte an das Durcheinander bei ihnen im Stall zu Hause, aber fairerweise musste sie auch zugeben, dass das Durcheinander nicht am Stall, sondern an ihnen lag. Sie und ihre Reitkameradinnen Minka, Reni, Fritzi und Cindy liebten ihre Ponys zwar über alles, aber Ordnung war eben eine ziemlich anstrengende Sache.

»Da hinten ist die Reiterkammer, Sattel und Zaumzeug sind ebenfalls beschriftet«, hörte sie Julia sagen, während sie mit Bürste, Kardätsche, Hufkratzer und Mähnenkamm zurückkam.

»Ist ja genial gemacht.«

»Na ja«, sagte Julia, während sie sich bückte, um Roulette die Hufe einzuölen, »ohne Organisation würde hier alles drunter und drüber gehen. Es ist wichtig, dass wir Ordnung halten. Schon den Pferden zuliebe.«

So hatte Kaya das noch nicht gesehen. Vielleicht musste sie da mal drüber nachdenken.

»Das ist hier sicherlich ein schönes Gelände«, versuchte sie, das Gespräch am Laufen zu halten.

»Du wärst die Erste, die nicht begeistert zurückkommt.«

Kaya lächelte selig. Das hörte sich gut an. Zu Hause hatten sie auch tolle Wege und Wiesen, aber das kannte sie ja alles schon längst auswendig. Sie kannte jeden einzelnen seltsam aussehenden Stein, der den Pferden immer mal wieder Anlass gab, entweder schräg zu schauen oder abzudüsen. Und nun durfte sie unter dem Wilden Kaiser reiten, diesem riesigen Gebirgszug, der sich so markant vor den Horizont schob. Sie hatte zu Hause bereits nachgelesen, aber sich nur die Höhe von 2344 Meter merken können, weil die Zahlen so schön einfach waren. Und dass es schon 1920 Bestrebungen gab, diesen Gebirgszug nicht durch Lifte oder Straßen zu verschandeln. Die waren schlau, damals, hatte sie noch gedacht, aber den angelesenen Rest hatte sie vergessen. Egal, sie konnte ja jetzt Elisabeth fragen, die war hier schließlich aufgewachsen. Und da kam sie auch schon herein, mit einem fröhlichen »Prima, da bist du ja« und »Danke, Julia, fürs Richten«. Und dann bekam Roulette ein Leckerli zwischen die weichen Lippen und Kaya die Frage, ob sie fit sei und sich gut fühle.

»Fantastisch«, sagte sie.

»Gut, dann lass es uns angehen.«

Susi zeigte wenig Aufregung. Sie fieberte nicht, wie manch andere Pferde, die endlich einmal rausdurften. Es war ihr anzumerken, dass sie genug Auslauf hatte und der Sache gelassen entgegensah.

Kaya hatte die Bügel im Stehen vermessen und musste doch, nachdem sie aufgesessen war, die Bügelriemen nochmals um ein Loch verkürzen.

Elisabeth saß gelassen auf ihrem Pferd und sah ihr zu.

»Für den Galopp nachher ist das schon besser«, meinte sie. »Nachgurten werden wir erst nach unserer Schrittphase. Alles mit Ruhe.«

»Ja, das kommt mir entgegen«, stimmte Kaya zu und fragte sich im selben Moment, worüber sie mit Elisabeth im Schritt überhaupt reden könnte. Immerhin war sie die Assistentin der Geschäftsleitung und Mitglied der Besitzerfamilie, also ein hohes Tier im Gegensatz zu ihr.

Aber kaum waren sie nebeneinander losgeritten, stellte sich diese Frage nicht mehr. Kaya fühlte sich wohl. Die Stute schritt am langen Zügel kräftig aus, dabei waren ihre Bewegungen weich und locker, und sie dehnte den Hals vorwärts abwärts. Den tätschelte Kaya und lobte: »Eine schöne Stute! Das fühlt sich alles sehr gut an.«

»Ja, Susi wird auch nur von Leuten geritten, die sie verstehen. Holzklötze setzen wir möglichst auf keine unserer Pferde, die schicken wir zum Golfen.«

Kaya musste lachen. »Geht das so einfach?«

»Nein, aber mit etwas Überzeugungskraft ...«

Vor ihnen eröffnete sich eine weite Ebene mit Wiesen und Feldern, rechts neben ihnen türmte sich das graue Massiv des Wilden Kaisers und über ihnen schien eine makellose Sonne vom blauen Himmel. Es war unbeschreiblich.

»Wie auf einer Postkarte, so schön kitschig«, erklärte Kaya überschwänglich. »Und dann noch mit zwei Lipizzanern in der Landschaft ... schade, dass wir davon kein Foto haben, das glaubt mir zu Hause keiner.«

»Hast du ein Handy dabei?«

Kaya nickte.

»Dann machen wir das nachher. Du galoppierst an mir vorbei und ich fotografier dich im vollen Speed auf der grünen Wiese mit dem Kaiser im Hintergrund, das kannst du dann deinen Eltern und deinen Freunden nach Hause schicken.«

»Davon lass ich ein Poster machen ...« Kaya war so im Glück, dass sie ohne weiteren Gedanken jeden Popstar und auch sonst jeden Kerl gegen dieses Erlebnis eingetauscht hätte, inklusive Lin und Chris. In der Zwischenzeit suchte die Stute die Anlehnung, war butterweich in der Hand und überhaupt so fantastisch, dass Kaya sie am liebsten direkt gekauft hätte. Aber was würde Sir Whitefoot sagen? Und erst ihre Eltern? Sie musste es einfach genießen. Ganz ohne sehnsüchtige Gedanken.

Sie waren über eine Stunde unterwegs gewesen und bereits wieder gemütlich auf dem Heimweg. Beide hatten die Zügel entspannt hingegeben und die Pferde gingen zufrieden nebeneinanderher.

Elisabeth sah zu ihr hinüber. »Du kommst gut mit ihr zurecht«, fand sie.

»Sie ist ja auch wundervoll!«

»Ja, aber sie bietet sich nicht jedem Reiter so an. Bei dir hat sie Vertrauen.«

Ein schöneres Kompliment hätte Elisabeth ihr nicht machen können.

»Du darfst sie gern mal wieder reiten.«

Kaya zögerte. »Ja, aber was kostet die Stunde? Darüber haben wir noch gar nicht gesprochen.«

Elisabeth winkte ab. »Das heute war meine Einladung. Und … pass auf, eine riesige Pferdebremse! Am rechten Hinterbein!!!«

Diese überdimensional großen Bremsen waren der pure Horror. Kaya drehte sich sofort nach dem Insekt um, aber Susi hatte das tiefe Brummen schon gehört und fing an zu tänzeln.

»Sie hat Angst, dass sie ihr zwischen die Beine geht …«, rief Elisabeth.

Ja, klar, die weiche Haut am Innenschenkel war für diese Blutsauger wie geschaffen. Kaya schlug mit der flachen Hand nach hinten, aber sie reichte nicht hin und jetzt flog das Viech tatsächlich in Richtung Schweif. Wenn es sich an die Schweifwurzel setzen wollte – nicht auszudenken!

Susi fing an, sich angstvoll zu drehen. Jetzt versuchte auch Elisabeth von ihrem Pferd aus, das Insekt an Susis Hinterteil zu vertreiben, aber bevor es sich Kaya richtig versah, stieg Susi kerzengerade in die Höhe, sodass sie gerade noch mitkam, und raste aus der Bewegung heraus los, den Feldweg zurück, den sie gerade heruntergekommen waren. Das panische Tempo der Stute war mörderisch. Kaya duckte sich tief in den Sattel und nahm die wehenden Zügel auf, jede Sekunde darauf gefasst, dass Susi auf dem gefurchten Weg stolpern und stürzen könnte. Ihr schoss der Schweiß aus allen Poren, und während sie beruhigend »Ho, ho, ruhig, ruhig« rief, schaffte sie es am Ende des Weges auf einer Wiese, die Stute wieder einzufangen. Sie ließ sie noch im weiten Bogen ausgaloppieren, bis sie sie zum Trab und schließlich zum Schritt durchparieren konnte. Kaya sah sich sofort nach der Bremse um; die war nicht mehr da, die Stute dafür aber klatschnass vor Angst und Aufregung. Kaya tätschelte ihr beruhigend den Hals und sah Elisabeth entgegen, die den Weg heraufgetrabt kam.

»Donnerwetter«, sagte sie schwer atmend, nachdem sie bei Kaya angekommen war. »Das hast du aber richtig gut gemacht. Jeder andere hätte kapituliert!«

Kaya dachte an die wilden Ausritte mit ihren Freundinnen, oft sogar ohne Sättel auf durchgehenden Ponys, und sie war froh, dass sie dadurch so viel Erfahrung gesammelt hatte.

»Mir ist es auch heiß geworden«, antwortete sie und Elisabeth brach in Lachen aus.

»Na«, sagte sie, »das war ja jetzt fast englisches Understatement … not so very amused …«

»Ja, vielleicht«, stimmte Kaya zu, während sie nebeneinander den Feldweg wieder zurückritten. »Aber wir haben zu Hause natürlich auch oft wilde Sachen gemacht. Schräge Hindernisse im Gelände gebaut, sind ohne Sattel gesprungen und alles Mögliche. Und vor allem haben wir Amazonen eine Hymne, die heißt *Frei und stark*. Und wenn irgendwas fürchterlich schieflaufen will, dann denke ich an den Text oder ich singe sogar. Das hilft!«

»Oh, cool!« Elisabeth sah sie groß an und wirkte nun gar nicht mehr wie eine Respekt einflößende Vorgesetzte, sondern eher wie eine interessierte Gleichaltrige. »Das finde ich richtig gut! Könnte ich das für meine Reitschüler übernehmen?«

»Klar. Das funktioniert überall. Sogar als Kraftsong in der Schule. Sie werden es nicht glauben, aber wir haben eine Lehrerin im Stall, und wenn ihre Schüler superunruhig sind, dann singen sie die Hymne aus vollem Hals und es geht sofort besser!«

»Dann sing sie mir doch einfach vor, bis wir zurück am Stall sind …«

»Meinen Sie, das verscheucht die dicken Bremsen?«

Elisabeth musste lachen. »Wenn das so wäre, müsstest du dir den Song patentieren lassen, da hättest du jedenfalls schon mal ausgesorgt …«

»Okay. Mit mehreren Stimmen oder mit Gitarre hört es sich zwar besser an, aber ich kann es ja mal als Solistin versuchen …« Sie zwinkerte Elisabeth zu und hatte seltsamerweise überhaupt keine Scheu, aus vollem Halse loszusingen:

»Frei und stark, wir fühlen uns so frei und stark,
frei und stark, egal, was auch kommen mag,
frei und stark, gemeinsam gehen wir es an,
wir reiten mit dem Wind,
wir bleiben dort, wo unsere Pferde sind,
wir Amazonen frei und stark – so«, unterbrach sie sich selbst. »Das war der Refrain, da können Sie nachher gleich mitsingen. Jetzt kommen die Strophen!«

»Ja, gut. Schau, die Pferde spitzen die Ohren und Susi hat das Quälvieh schon total vergessen.«

»Weiche Nüstern, warmes Fell,
der Duft nach frischem Gras,
die Sonne glüht und spiegelt sich in deinem Haar,
du gibst die Zügel hin und du fliegst dahin,
dann wird alles so leicht …
und jetzt wir beide: Frei und stark …«

Und tatsächlich, Elisabeth sang aus vollem Hals mit, tastete sich mit dem Text noch etwas heran, aber so trafen die beiden fröhlich singend und mit völlig entspannten Pferden am Stall ein.

Julia kam heraus, um Elisabeth das Pferd abzunehmen.

»War's schön?«, wollte sie wissen, gab sich aber selbst gleich darauf die Antwort: »Sieht jedenfalls sehr relaxed aus.«

»Ja, war's auch«, grinste Elisabeth. »Aber, Kaya, jetzt möchte ich die anderen Strophen auch noch hören.«

»Okay!« Und zu Julias Verwunderung fing Kaya an zu singen:

»Mit dir, mein Freund,
springt mein Herz im wilden Takt.
Das Leben ist so aufregend und schön.
Ist ganz klar, wie gehörn zusammen,
dann wird alles so leicht … und jetzt alle.
Frei und stark …«

»Du auch!«, sagte Elisabeth mitten im Refrain zu Julia, die sie groß ansah.

»Was?«

»Mitsingen!«

»Die letzte Strophe, Achtung«, verkündete Kaya und strahlte über das ganze Gesicht:

»Wir packen alles an,
was sich uns entgegenstellt.
Starke Mädchen kämpfen wild dabei.
Wir mögen, helfen und vertrauen uns,
dann wird alles so leicht … Und, Achtung, der Refrain:
Frei und stark …«

Sie wiederholten den Refrain vier Mal, wurden dabei immer lauter und klatschten, als sie mit erhitzten Köpfen aufhörten.

»Na, so was«, sagte Elisabeth, »da schneit der Musikerfamilie Hauser eine Komponistin ins Haus …«

»Ist aber vielleicht nicht gerade Hausmusik …«, gab Julia zu bedenken, die sich zum Schluss auch hatte mitreißen lassen.

»Das tönt mit Zither, Akkordeon und Gitarre geradezu fantastisch«, behauptete Elisabeth und fing schon wieder an, den Refrain zu summen, während sie mit ihrer Stute in die Waschbox ging.

Kaya stand glücklich unter der Dusche, als Lisa ins Zimmer stürzte. Sie hatte sich gerade die Haare einschamponiert, hing ihren Gedanken nach und hätte das Klopfen ihrer Mitbewohnerin an die Badezimmertür beinahe überhört.

»Halloo, hallooo, wie ist das werte Befinden? Heute ist ein kleines Grillfest am Badesee, da musst du mit!«

»Ist es nicht schon zu spät?«

»Neun? Im Hochsommer zu spät? Ach was, da geht das Leben doch erst los!«

Lisa hatte recht. Sie konnte ja nicht jeden Abend todmüde umfallen oder lesend im Zimmer sitzen.

»Okay. Zehn Minuten brauch ich aber noch.«

»Ja, mach dich nur recht hübsch, sie sind alle gespannt auf dich …«

5. Kapitel

Da waren schon ein paar kernige Jungs dabei, das erfasste Kaya auf den ersten Blick. Drei aus der Küche und zwei aus dem Service und mindestens zehn Mädchen, einige kannte sie schon vom Sehen, aber über einen schnellen Gruß im Vorbeigehen war sie bisher noch nicht hinausgekommen.

Lisa nahm sie bei der Hand und stellte sie überall als die »Neue« von der Kaiserwiese vor. Sie hatten ihre Decken nebeneinanderliegen und Kaya breitete ihr Badetuch am äußersten Ende aus, neben Lisa und einem Jungen, den sie auf etwa 18 schätzte und der in Badeshorts mit seinem trainierten Körper eine gute Figur machte. Lisa stieg gerade aus ihrem weiten Freizeitkleid und Kaya fand es toll, dass sie mit ihrer pummeligen Figur offensichtlich überhaupt keine Probleme hatte. Sie trug einen knallgelben, knappen Bikini und zeigte mit einer großen Geste auf den See. »Sag selbst, Kaya, ist das nicht super?«

Kaya fühlte die Blicke aller auf sich und hoffte, sie würden woanders hinschauen, wenn sie sich nun ebenfalls auszog.

»Ja, super«, sagte sie. Und das war er tatsächlich. Von der einen Seite des Sees sah man über das glatte Wasser und die dahinter ansteigenden Wiesen direkt bis zum Wilden Kaiser. Die Liegewiese der anderen Seite war terrassiert. Dort, etwas abgeschieden zwischen einigen dünnstieligen Birken, hatte sich die Gruppe niedergelassen. Etwas entfernt von ihnen gab es zwei Wasserrutschen. Eine führte gerade zum See hinab, die andere kurvte ausgiebig den Hang hinunter. Kaya nickte bekräftigend.

Dann sah sie, dass einer der Jungs hingebungsvoll an einem Eis lutschte. »Und wo habt ihr die Verpflegung her?« Sie sagte es mehr, um von sich abzulenken, aber Lisa klatschte in die Hände. »Gute Idee! Ich hol uns auch gleich eines, Belohnung für so einen harten Arbeitstag muss sein!«

»Bringst du mir eins mit?«, fragte ein Mädchen und innerhalb kürzester Zeit hatte Lisa zehn Aufträge. »Das ist ja schlimmer als bei der Arbeit«, stöhnte sie, grinste dabei aber übers ganze Gesicht.

»Warte. Ich komm mit.« Der Junge, der sich von seinem Badetuch erhob, war mindestens so pummelig wie Lisa und Kaya fand, dass die beiden ein gutes Paar abgäben. Aber vor allem konnte sie die allgemeine Aufregung nutzen, um schnell aus ihrem T-Shirt und der Jeans hinauszuschlüpfen. Sie hatte sich vor ihrer Abreise noch einen dunkelblauen Bikini mit weißen Punkten gekauft. Der hatte einen guten Sitz und machte vor allem einen schönen Busen. Trotzdem – sie fand ihre Figur einfach zu eckig und zu kantig. Und sicherlich hatte sie die ersten Tage hier abgenommen, weil sie immer Gewicht verlor, wenn sie aufgeregt war. Dabei wollte sie doch so gern eine Figur wie ihre Schwester Alexa haben, mehr Busen und mehr Po, einen straffen muskulösen Bauch und lange, dünne Schenkel. Aber an ihr war einfach irgendwie alles dünn. Sie legte sich schnell hin, obwohl sie eigentlich gern zuerst ins Wasser gegangen wäre. Der kleine Badesee lockte mit blauem, klarem Wasser und tatsächlich, Lisa hatte wirklich recht, es sah grandios aus. Sie ließ ihren Blick noch einmal schweifen und drehte sich zum Wilden Kaiser um, wo sich gerade alle Schönwetterwolken zu sammeln schienen.

»Kannst du Volleyball spielen?«, fragte der muskulöse Junge, der nun mangels Lisa direkt neben ihr lag.

»Volleyball?«

»Ja, Beachvolleyball. Es gibt hier vier Plätze mit Turnierniveau.«

»Turnier? Ich bin froh, wenn ich den Ball übers Netz bringe …«

Er lachte. »Das ist doch schon mal was. Jedenfalls mehr, als die meisten hier von sich sagen können.«

Kaya lachte mit.

»Und du siehst sportlich aus.« Sein Blick glitt über ihre Figur. »Hast du Lust?«

»Gleich?«

»Erst ein Spiel und dann in die Wasserrutsche …« Er deutete über seine Schulter nach hinten und Kayas Augen folgten der Richtung seines Daumens.

»Ja, die hab ich schon gesehen. Ist gewaltig!«

»100 Meter lang!« Er sagte das mit einem Stolz, als ob die

Rutsche ihm gehören würde. »Und überhaupt ist der See zu Tirols schönstem Naturbadesee gekürt worden.«

»Aha.«

»Ja. Das Wasser kommt aus den Quellen des Wilden Kaisers.«

Er war tatsächlich mit Feuereifer dabei.

»Bist du Tiroler?« Sie zwinkerte ihm zu.

»Merkt man das?« Er richtete sich auf. Er hatte wirklich einen betrachtenswerten Körper, dachte Kaya. Breite Schultern, trainierte Oberarme und Brustmuskeln und kein Gramm Fett am Bauch. Wie wohl Lin in einer Badehose aussah? Vor lauter Grübeln vergaß sie eine Antwort zu geben.

»Einheimischer.«

»Ach! Und du arbeitest beim *Stanglwirt?* Das ist ja praktisch.«

»Nein, leider nicht. Ich schmuggle mich nur dazwischen, weil es mit den Mädels und Jungs hier total cool ist. Und weil man auch mal wieder neue Leute kennenlernt.« Jetzt war er es, der ihr zuzwinkerte.

»Und was machst du?«

»Nächstes Jahr meine Matura, wenn alles gut geht. Und dann soll ich nach dem Willen meines Vaters Tierarzt werden.«

»Willst du das auch?«

»Er ist der Hoftierarzt beim *Stanglwirt*, da hast du eine Lebensanstellung.«

»Hört sich irgendwie gut an …«

»Denke ich auch.«

»Aber dann kommst du ja aus Going gar nie raus.«

»Muss man das?«

Ja, musste man das?, fragte sie sich selbst. Und außerdem war es ja Blödsinn, studieren musste er schließlich auch noch.

»Habt ihr da einen Numerus clausus?«

»Nee, eine Aufnahmeprüfung. Und falls ich die bestehe, werde ich in Wien studieren. Du kannst mich ja mal besuchen …«

»Au ja«, scherzte Kaya. »Prima Idee.«

»Da, schau!« Lisa kam zurück, beide Hände voller Eistüten. »Wer kriegt jetzt eine?«, fragte sie in die Runde und es meldeten sich alle.

»Typisch!« Lisa schüttelte den Kopf. »Zuerst will keiner auch nur eine einzige Kalorie, und kaum hat man sie geholt, wollen sich alle dumm und dick essen.«

Aus ihrem Mund hörte sich das besonders drollig an und alle lachten.

»Ich hole Nachschub.« Kayas Nachbar sprang auf und sah auf sie hinunter. »Kommst du mit?«

»Ah, der Jan! Typisch!!« Lisa rollte mit den Augen. »Nein, hier ist Kayas Eis, speziell bestellt und speziell geliefert.« Sie hielt Kaya eine Eistüte hin.

Jan zuckte die Achseln. »Kein Problem. Wie viele fehlen denn jetzt noch?«

»Vier«, sagte Lisa und drehte sich nach ihrem Begleiter um. »Oder hast du einige mehr gekauft?«

Der verneinte und Jan lief los. Lisa verteilte das restliche Eis und ließ sich dann ächzend neben Kaya nieder. »Der schöne Jan also«, sagte sie dabei. »War klar, dass der gleich mal ein Auge auf dich wirft.«

»Wieso?«

»Weil er erstens stets an Neuzugängen interessiert ist und zweitens auf drahtige sehnige Frauen steht.« Sie schleckte an ihrem Eis. »Also, ganz klar: an mir nicht. Auch nicht als Neuzugang …« Sie grinste breit und Eis klebte an ihrer Nasenspitze.

»Ein Womanizer also.«

»Ein was?«

»Einer, der ständig Frauen anmacht. Ein Frauenheld.«

»Na ja. Wenn sie sich anmachen lassen …«

Kaya nickte. »Da hast du recht. Es gehören immer zwei dazu.« Sie dachte an Lin. Warum, verdammt noch mal, musste sie ständig an Lin denken?

Sie hatten Spaß ohne Ende und verließen den Badeplatz erst, als die Sonne unterging und es kühler wurde. Kaya hatte mit Jan, Rosi und Seppi Volleyball gespielt, bis sie die Arme nicht mehr heben konnte. Aber sie fand, dass sie schon lange nicht mehr so viel gelacht hatte. Die anderen wollten noch ins *Mexican* nach Ellmau, aber Kaya hatte genug, und während sie mit Lisa zum *Stanglwirt* zurücklief, erzählte Lisa aus ihrem Leben, von ihren sechs Geschwistern und ihren Eltern, die von morgens bis abends auf dem Hof schufteten, um das Studium ihrer älteren Brüder finanzieren zu können.

»Und deine Schwestern?«, wollte Kaya wissen, die bereits eine große Ungerechtigkeit witterte.

»Ich habe nur Brüder.«

»Du lieber Himmel«, entfuhr es Kaya.

»Ja, sie wollten unbedingt ein Mädchen. Und da waren es dann halt sechs Versuche …«

Kaya musste vor lauter Lachen stehen bleiben. Und sie steckte Lisa an, sodass sie sich mitten auf der Landstraße vor Lachen krümmten.

»Und du?«, wollte sie wissen.

»Ich habe eine ältere Schwester. Die ist nicht so gelungen, deshalb musste die Vollendung her …« Wieder lachten sie haltlos.

»Schau, in der Reitanlage ist noch Licht«, sagte da Lisa plötzlich. »Ist aber ungewöhnlich für diese Zeit.«

»Ja?« Kaya sah hin. Tatsächlich, durch die hohen Fenster schimmerte es hell.

»Um zehn Uhr? Sollen wir mal nachsehen?«

»Nee, nee«, winkte Lisa ab. »Das Pferdegedöns ist nichts für mich. Da musst du alleine hin. Ich werfe mich schon mal in die Koje und lese noch ein bisschen.«

Kaya nickte und trennte sich vor dem Gasthof von ihrer Zimmergenossin. »Ich komme gleich nach«, erklärte sie und ging durch das große Eingangstor hindurch, um zum Reitstall zu gelangen. An der Hallentüre blieb sie lauschend stehen. Tatsächlich, sie hörte Hufgetrappel und Schnauben. Und eine Stimme. Durfte sie da einfach rein? Sie zögerte, aber dann war ihre Neugier doch größer und sie schob die Türe etwas auf.

Nur die hinterste Lichterreihe war eingeschaltet und Kaya erkannte zunächst zwei sich bewegende Schatten, aber als sie erfasste, was sie da sah, dachte sie nur: Was für ein Bild! Da spielte ganz offensichtlich ein Mann mit einem Lipizzaner. Er lief ihm davon, das Pferd hinterher, gleich darauf in Schlangenlinien, und das Pferd blieb ihm exakt auf der Spur. Dann blieb er stehen und ging gegen ihn, und wie beim Westernreiten ließen sie sich gegenseitig nicht vorbei, der Schimmel tänzelte von links nach rechts und parierte in voller Aufmerksamkeit die schnellen Ausfallschritte des Mannes. Ganz offensichtlich machte es den beiden Spaß, der Schimmel schnaubte, während seine dichte Mähne im schnellen Wechsel flog, und der Mann lachte und feuerte den Schimmel an. Und jäh erkannte Kaya den Mann: Es war Lin. Dann war der Schimmel sicherlich der Hengst. War das eine heimliche Aktion? So wie der nächtliche Stallbesuch vor drei Tagen? Baute er einfach darauf, dass niemand um diese Zeit in die Reithalle sah, auch nicht von der Hotelbar »Auf der Tenne« aus, die den Blick durch große Fensterscheiben direkt in die Halle zuließ? Es war Kaya schleierhaft. Sie wollte die Türe gerade wieder leise zuschieben, da blieb der Hengst stehen und sah sich nach dem Geräusch um. Und nun wurde auch Lin aufmerksam.

»Ich wollte nicht stören«, rief Kaya mit dem schrägen Gefühl, beim Spionieren ertappt worden zu sein.

»Ah!« Lin legte seine Hand beruhigend auf den Hals des Pferdes und sah her. Und da wurde Kaya bewusst, dass er sie im dunklen Eingangsbereich nicht erkennen konnte. Sie hätte gar nichts sagen müssen und sich einfach zurückziehen können. Aber jetzt war es dafür zu spät.

»Und wer verschafft mir das Vergnügen?«

»Ich bin's …« Kaya schob die schwere Holztüre jetzt weiter auf. »Kaya von der Kaiserwiese.«

»Ah, das schöne Kind unter des Meisters Schutz …« Er lachte. »Was tun Sie denn hier?«

»Ich habe Licht gesehen und wollte nachschauen.«

»Pflichtbewusst oder neugierig?«

Kaya überlegte kurz. »Beides.«

Er lachte. »Also, wenn du keine Angst vor Pferden hast, kannst du ruhig näher kommen. Sigi liebt schöne Frauen.«

»Ich habe keine Angst«, sagte Kaya, schloss die Türe hinter sich und ging langsam auf die beiden zu.

»Dann bitte: Siglavi Capriola Primas, genannt Sigi!«

Es war tatsächlich der Hengst!

Kaya kam näher und trat ins Licht.

»Oh, wo hast du denn dein Dirndl gelassen?«

»Und Sie Ihre Freundin?«

Er lachte. »Aha, schlagferig! Sehr gut!«

So nah sah er einfach grandios aus. Zum Anbeißen. Und da war wieder dieser Duft, der ihn umgab. Diesmal vermischt mit Pferdegeruch, einfach umwerfend.

»Haben Sie gerade ein Konzert in der Nähe gehabt?«

»Ein Konzert?« Er warf ihr einen kurzen Blick zu, dann grinste er. »Aha, voll informiert, was?«

»Ist ja nicht schwer. Wenn man solchen Erfolg hat und so oft im Fernsehen ist …«

»Tja. Überall erkannt zu werden, ist der Preis. Aber«, er lächelte ihr zu, »es gibt tatsächlich schlimmere Schicksale.«

Kaya nickte.

»Und im Übrigen, wenn ich dich duze, solltest du mich auch duzen.«

Sigi streckte seinen Kopf zu Kaya und beschnüffelte sie kurz mit gespitzten Ohren.

»Du gefällst ihm«, sagte Lin.

»Vielleicht rieche ich nach Pferd? Ich war heute Mittag ausreiten.«

Unsinn, dachte sie dabei, und danach war ich ständig im Wasser. Was sollte er da noch riechen können? Aber irgendwas musste sie ja sagen.

»Oh, du reitest? Das ist ja super.«

»Ja, schon lange. Aber ich habe euer Spiel gestört. Das tut mir leid. Ich gehe jetzt wieder.«

»Warte«, sagte Lin und senkte die Stimme. »Wir sollten mal miteinander ausreiten.«

»Ja, warum nicht?« Kayas Herz machte einen Luftsprung.

»Nachts, wenn alle schlafen. Zum See und mit den Pferden schwimmen.«

»Das wäre ein Traum«, sagte Kaya lächelnd. »Und ein Kündigungsgrund.«

»Manche Dinge muss man tun und darf nicht darüber nachdenken.«

Kaya ließ das offen. Sie tätschelte Sigi kurz den Hals und nickte Lin zu. »Gute Nacht«, sagte sie und ging langsam zum Eingangstor zurück, obwohl sie am liebsten gehüpft wäre. Und wenn es auch nie stattfinden wird, dachte sie, aber allein der Gedanke ist irre. Mit Lin und zwei Lipizzanern im Mondlicht zum Badesee. Fantastisch. Das musste sie gleich ihrer besten Freundin Sina simsen, ganz gegen die Abmachung mit ihren Eltern, keine teuren Auslandsnachrichten zu versenden. Aber in so einem Fall musste das einfach drin sein. Sie brauchte ein Ventil. Und das konnte nur Sina sein.

Lisa schlief schon, als sie ins Zimmer kam, ein aufgeschlagenes Buch lag auf ihrer Bettdecke und über ihr brannte die Wandleuchte. Kaya war so aufgedreht, sie hätte am liebsten getanzt oder sonst etwas Verrücktes gemacht. Aber sie beherrschte sich, schaltete Lisas Lampe aus und legte das Buch auf die Seite. Was las sie da? »Beautiful Americans«. Interessant. Ob Lisa Fernweh hatte? Österreich war für eine Österreicherin ja vielleicht doch nicht die Welt …

Kaya setzte sich mit ihrem Handy aufs Bett. Blöd, dass sie so ein einfaches Prepaidhandy dabeihatte, aber ihr Vater meinte, damit hätte sie die Kosten besser im Griff. Bloß, mit dem doofen Ding konnte man nicht mehr als telefonieren und simsen. Wo es hier in den Zimmern doch sogar WLAN gab und sie mit einem Smartphone die nächsten Auftritte von Lin hätte erfahren können – und überhaupt könnte sie jetzt so ein bisschen in seinem Leben herumstöbern. Vieles wusste sie ja bereits, denn sie war schon länger ein Fan. Seine Musik, seine Texte, sein Aussehen … und jetzt auch noch sein Duft! Hatte er tatsächlich gesagt, dass er mit ihr ausreiten wolle? Ja, das hatte er. Kaya spürte, wie die Aufregung wieder nach ihr griff. Das war einfach unfassbar! Lin Aston. DER Lin Aston. Mit ihr, Kaya Birk. Kaya zog sich aus und unterzog sich einer genauen Untersuchung. Fußnägel, Fingernägel, störende Körperhaare, jetzt hatte sie die Zeit und die Muße dazu, alles in den Griff zu bekommen. Besonders die Fußnägel brauchten mal wieder eine schöne Form … und vielleicht ein bisschen Nagellack? Hoch motiviert griff Kaya zur Feile und hätte in dem kleinen Badezimmer das leise Klopfen an der Türe fast überhört. Erst als es lauter wurde, drang es in ihr Bewusstsein. War es möglich? Sie streckte ihren Kopf aus der Badezimmertür heraus. Erneut klopfte es. Also doch! Kaya griff nach einem Badetuch. Splitternackt konnte sie ja schließlich nicht öffnen.

»Hallo?«, fragte sie leise, um Lisa nicht zu wecken.

»Ich bin's.«

Das war keine wirklich erschöpfende Auskunft. Kaya zögerte, drehte sich kurz nach Lisa um, aber die schlief mit offenem Mund und war in ihren Träumen sicherlich schon weit weg. Kaya drehte den Schlüssel und öffnete die Tür.

Lin stand davor, lächelte sie an und hielt eine Flasche hoch.

»Ich dachte, du magst vielleicht noch etwas trinken?«

Kaya drehte sich erneut nach Lisa um.

»Ich weiß nicht«, sagte sie unsicher.

Lin sah an ihr vorbei zu dem zweiten Bett. »Aber die schläft doch.«

»Na ja.« Kaya überlegte. »Willst du hereinkommen?«

»Soll deine Zimmerkameradin uns zusehen?«

»Wobei zusehen?«

»Na«, jetzt zögerte er. »Beim Reden? Ich kann dir ein bisschen was von meinen Tourneen erzählen. Oder vielleicht magst du sogar mal mitkommen? Backstage? So richtig nah dran?«

Größer konnte die Verlockung kaum sein.

»Herrenbesuch ist nicht erlaubt.«

Das kam von hinten. Kaya drehte sich schnell um. Lisa saß kerzengerade in ihrem Bett und hielt die Bettdecke vor ihren Oberkörper. Es hatte etwas aus einem alten, bäuerlichen Film, wie sie so dasaß, und Kaya hätte fast gelacht.

»Was tut der da?« Offensichtlich war Lisa nicht nach Lachen zumute.

»Ich entführe gerade deine Freundin«, sagte Lin. Lisa kniff die Augen zusammen, um ihn zu erkennen.

»Das kommt nicht gut«, sagte sie mit erstaunlich wachem und erwachsenem Tonfall. »Nicht um diese Uhrzeit und schon gar nicht im Mitarbeitertrakt.« Sie blinzelte kurz, dann schien sie ihn erkannt zu haben. »Und ganz sicherlich nicht mit einem Gast. Das geht überhaupt nicht!«

Lin nickte. »Du sollst durch mich ja keinen Ärger bekommen.« Er strich Kaya kurz über ihren nackten Unterarm und Kaya schoss es bis ins Herz.

»Wir sehen uns«, sagte er, lächelte ihr zu und ging den Flur hinunter. Kaya sah ihm nach. Vor der Treppe drehte er sich nochmals um und hob zum Gruß die Weinflasche, die er lässig am Flaschenhals getragen hatte.

»Was fällt dem denn ein«, empörte sich Lisa und schlug ihre Decke zurück. »Oder hast du den etwa eingeladen?«

»Ich? Iwo!« Kaya griff nach ihrem leichten Nachthemd, das sie sich auf dem Bett zurechtgelegt hatte.

»Wer war das überhaupt?«

Also hatte sie ihn doch nicht erkannt. Vielleicht war die Gegend, aus der Lisa kam, doch provinzieller, als Kaya gedacht hatte.

»Ich weiß auch nicht richtig. Er stand vorhin am Reitstall. Bestimmt hat er gedacht, das sei eine nette Geste.«

»Eine nette Geste.« Lisa schüttelte den Kopf. »Tttsss! Eine nette Geste um Mitternacht. Träumst du?«

»Ja, vielleicht«, gab Kaya leise zu und ging mit ihrem Nachthemd in der Hand ins Bad.

6. Kapitel

Völlig unausgeschlafen trat Kaya am nächsten Tag ihren Dienst an.

»Sag mal«, Leo betrachtete sie von der Seite, »ist irgendwas passiert?«

»Ich habe schlecht geschlafen.«

»Gab's dafür einen Grund?« Er schenkte ihr ein Glas frischen Orangensaft ein. »Hier, trink. Ein paar Vitamine werden dir guttun, du bist ja total blass.«

Blass? Dabei hatte sie gestern noch von der blühendsten Sommerbräune ihres Lebens geträumt.

»Ist was geschehen?«, wollte Leo erneut wissen.

»Nö, war alles prima. Wir waren am Badesee und es war total nett.«

»Und viele nette Burschen aus dem Dorf, die den weiblichen Neuzugang beim *Stanglwirt* bewundert haben, stimmt's?«

Kaya schüttelte den Kopf. »Nö, bis auf einen waren sie alle aus dem Hotel.«

»Und jetzt darf ich mal raten …«

»Ja?« Kaya sah ihn gespannt an.

»Jan? Der angehende Chefchirurg?«

Kaya erwiderte nichts, sondern trank einen großen Schluck. »Ups!« Sie verschluckte sich und Leo tätschelte ihr den Rücken.

»Hundert Punkte, was?«

»Woher wissen Sie das?« Sie dachte an Lin. Was interessierte sie Jan, sie hatte Lins Duft in der Nase, seinen herausfordernden Blick und vor allem das Bild, wie er mit der Flasche in der Hand vor ihrer Zimmertüre gestanden hatte. War das wirklich geschehen? Oder hatte sie es geträumt? Langsam kamen ihr Zweifel.

»Ich bin schon lang genug da.« Er grinste. »Auch wenn ich dir steinalt vorkommen mag, zwischendurch bin ich auch mit den Jungen am Badesee und sehe, was dort so abgeht.«

Kaya zuckte die Achseln. »Eigentlich ist ja nichts abgegangen.«

Leo grinste vielsagend. »Ach, schau, das Fräulein MaHaLo.«

Kaya blickte über die Wiese. Tatsächlich, dort kam sie angestöckelt, begleitet von ihren beiden Möpsen.

»Was will die eigentlich immer so früh?«

Leo zuckte mit den Achseln. »Den Leuten möglichst früh auf die Nerven gehen, was weiß ich.«

Kaya musste lachen und fühlte sich schon viel besser … vor allem, weil Lin nicht an ihrer Seite war.

»Wie heißt sie eigentlich wirklich, deine Dramaqueen?«, wollte sie von Leo wissen.

»Jacqueline. Und dann hat sie sich noch einen französischen Nachnamen gegeben. Jacqueline du Jour.«

»Jacqueline du Jour?« Kaya sah ihn schräg an. »Das heißt ja *Jacqueline vom Tag*. Was soll denn das?«

»Sie will aktuell sein.« Dabei zog er den Mund so schief, dass Kaya lauthals lachen musste. Erschrocken hielt sie sich die Hand vor den Mund und sah sich schnell um. »Hat sie das jetzt gehört?«

»Sie nicht. Und sonst ist ja keiner da …«

»Gut. Dann frage ich die Frau vom Tage mal, was sie heute Morgen gerne hätte.«

Jacqueline war wieder wie aus dem Ei gepellt. Die Haare in aufwendigen Locken, der Lidstrich saß perfekt und zog sich katzenartig über das äußere Lid hinweg, der Lippenstift passte zum korallenroten Badeanzug. Das musste man ihr lassen, selbst die Finger- und Fußnägel waren in derselben Farbe lackiert. Tat sie über den Tag hinweg auch noch etwas anderes?

»So, Kleine …« Sie hatte sich seitlich auf den Liegestuhl gesetzt und sah Kaya von unten herauf an, »… wie war noch mal dein Name?«

»Kaya.«

»Ach ja. Kaya. Da steht es ja auch auf deinem Namensschild.«

Kaya antwortete nicht darauf, es war wahrscheinlich auch zwecklos. Viel lieber hätte sie Jacqueline etwas gefragt. Aber wie konnte sie sich nach Lin erkundigen, ohne dass es auffiel?

»Für Sie einen Latte macchiato mit spezieller Milch? Für die Hunde MaHaLo? Und soll ich für Ihren Begleiter auch schon etwas …«

»Nein, der hat heute einen Auftritt«, winkte sie wichtigtuerisch ab. »Seine Fans beglücken«, setzte sie noch mit erhöhter Stimme hinzu.

»Oh!« Das war Kaya ehrlich entschlüpft. Hatte sie gestern ihre einzige Chance vertan? Dann würde sie Lisa nachher sofort killen. Und überhaupt, was wäre denn dabei gewesen? Ein Schluck Wein, das war schließlich kein Verbrechen!

Aus den Augenwinkeln sah sie, dass sich eine Vierergruppe näherte, die sich an einen der Tische setzte. Die kannte sie noch nicht. Lauter Männer und alle im Alter ihres Vaters, schätzte sie, Mitte, Ende vierzig.

»Bleibt er lange?«

»Was geht Sie das an?«

Ich bin auch ein Fan, wäre ihr fast herausgerutscht. Aber wollte sie das dieser dummen Kuh auf die Nase binden? Sicherlich nicht.

»Entschuldigen Sie«, sagte sie schnell und ging an den Tisch der neuen Gäste, spürte aber Jacquelines fragenden Blick im Rücken.

Wie konnte ein so toller Typ wie Lin eine solche Schreckschraube als Freundin haben? Aber wenn sie sich gegenüber ehrlich war, war Jacqueline natürlich ein Hingucker. So eine Frau war sicherlich medienwirksamer als eine dünne Kaya mit abgebrochenen Fingernägeln. Sie beschloss, nicht mehr darüber nachzudenken, und in den nächsten Stunden kam sie tatsächlich nicht dazu, denn die vier Männer waren nur die Vorhut gewesen, eine ganze ehemalige Abiturklasse feierte Wiedersehen.

»Das wird lustig werden heute Nacht«, raunte Leo ihr zu. »Alles ehemalige Internatsschüler. Kloster. Da wird's abgehen, besser, du bringst dich schon mal in Sicherheit.« Er zwinkerte ihr zu.

»Leo!«, entrüstete sich Kaya. »Erstens könnten es meine Väter sein und zweitens bin ich schließlich kein Freiwild.«

Leo lachte. »Das war nur ein Scherz. Spar deine Kräfte, da kommt die Frauenriege. Die sind jedes Jahr hier, zum gegenseitigen Austausch, wie sie es nennen, zur ganzheitlichen Pflege und zum Golfen. In dieser Reihenfolge.«

Kaya ließ den Blick von der Männergruppe zur Frauengruppe gleiten. »Na, passt doch!«

Leo grunzte. »Wir sind hier allerdings kein Vermittlungsinstitut.«

»Aber wenn man jemanden kennenlernt? Kann ja mal passieren?«

»So wie du Jan?«

»Sie mit Ihrem Jan!«

Er schnalzte mit der Zunge. »Die Damen haben eine Magnumflasche Champagner im Voraus bestellt. Also sechs Gläser an den Tisch und stell dich ordentlich vor …«

»Aye, aye«, nickte Kaya und dachte an Lin. Warum bloß ging ihr der Kerl nicht aus dem Kopf?

Und das tat er auch die nächsten drei Tage nicht. Inzwischen fühlte sich Kaya wie ein alter Hase, durfte im Pferdestall mithelfen und fand vor allem das abendliche Freispringen faszinierend. Das gefiel nicht nur den Pferden, sondern auch den Gästen, die von der Bar aus zusehen konnten.

»Du hast ein gutes Händchen für Pferde«, lobte Elisabeth. »Sie mögen und akzeptieren dich, das ist schön zu beobachten. Wenn du Lust hast, könnten wir morgen wieder ausreiten.«

»Oh, wirklich?«

Das war für sie einfach das Größte.

»Aber etwas früher, ich habe abends noch einen Termin.«

Kaya zögerte. »Schade, das geht nicht, ich bin doch an der Tagesbar auf der Kaiserwiese …«

Elisabeth lachte ihr fröhliches Lachen. »Na, keine Sorge, das kriegen wir hin.«

Kaya freute sich total. Vielleicht war es an der Zeit, mal wieder zu Hause anzurufen? Sicherlich wartete ihre Mutter täglich darauf, dass sie sich meldete, und ihr Vater beruhigte sie, dass keine Nachrichten gute Nachrichten waren. Das war stets sein Spruch und Kaya war ihm für diese Rückendeckung dankbar.

Es war schon nach acht und Elisabeth und die anderen Mädchen verabschiedeten sich. »Schaust du vorm Gehen noch mal rund, ob alles in Ordnung ist?«, fragte Elisabeth und Kaya war stolz, dass sie ihr so augenscheinlich vertraute.

»Klar, mache ich«, erwiderte sie und fügte ein »Danke«

an, von dem sie wusste, dass Elisabeth es genau richtig verstehen würde.

Sie stand noch bei Susi in der Box. Diese Stute hatte sie richtig lieb gewonnen und sie hatte das sichere Gefühl, dass die Stute sie auch mochte. Wurde sie ihrem Sir Whitefoot untreu? Nein, ganz sicherlich nicht. Alle zwei Tage kam eine SMS aus dem Stall und sie wusste, was er trieb und dass es ihm gut ging. Aber es war eben auch so, dass sie nun sechzehn war und somit aus dem Ponyalter heraus. Als Kaderreiterin müsste sie sich jetzt aus dem Ponysport verabschieden. Sie dachte an Jo und Andy und kraulte Susi die Unterseite zwischen den Kinnladen. Susi streckte ihren Kopf genüsslich aus und er wurde schwerer und schwerer …

»Halt mal«, lachte Kaya schließlich, »gleich schläfst du mir hier im Stehen ein. Tut das so gut?«

»Ich würde auch mal gern so gekrault werden!«

Kaya erschrak zu Tode. Sie hatte ihn nicht kommen hören, alle waren gegangen und nur jede dritte Lampe brannte noch auf der Stallgasse und verbreitete ein eher diffuses Licht. Aber jetzt stand er in der halb geöffneten Boxentür und strahlte sie an. Tatsächlich, er strahlte. Seine vollen Lippen waren das Erotischste, das Kaya je an einem Mann gesehen hatte, der Tagesbart, der sein kräftiges Kinn mit dem Grübchen überschattete, seine glänzenden Augen und die dunklen Haare, die aussahen, als ob er eben ohne Helm auf dem Motorrad herbeigebrettert wäre. Sie musste an sich halten, um nicht direkt zu ihm hinzugehen.

»Was hast du die Tage denn gemacht?«, wollte er wissen.

»Gearbeitet«, sagte sie langsam. »Und du?«

»Gearbeitet.« Er grinste.

Sie sahen sich an.

»Schade um jeden verlorenen Tag«, fügte er hinzu. »Und vor allem um jede verlorene Nacht …«

Kaya antwortete nicht. Sie war viel zu sehr damit beschäftigt, ihn anzuschauen. Da war er tatsächlich aus dem Fernseher gestiegen, von den großen Bühnen herunter, und stand nun bei ihr in einer Pferdebox. Es war doch einfach nicht zu fassen!

»Bist du etwa schon wieder …« Die Stimme hätte Kaya aus Hunderten herausgekannt. Das durfte doch jetzt nicht wahr sein! Lin warf ihr einen bedauernden Blick zu. »Wir sehen uns heute Nacht«, flüsterte er und drehte sich nach Jacqueline um, die sie aus ihrer Position nicht sehen konnte.

»Ständig stinkt alles nach Pferd! Deine Lederjacke, deine Jeans, deine Haare! Das ist doch ekelhaft!«

»Lass gut sein«, beschwichtigte er und Kaya verlor ihn aus den Augen.

»Was willst du dort bloß immer? Du hast doch wirklich Wichtigeres zu tun!«

»Wichtig ist das, was einem am Herzen liegt.«

»Willst du damit sagen …«

Die Stimmen verloren sich und Kaya legte ihre Stirn an Susis Hals. »Was soll ich nur tun?«, flüsterte sie und schwankte zwischen Freude und Trauer.

Da konnte nur Sina helfen. Aber schon wieder Sina? Was hatte sie ihr nach ihrer ersten SMS für einen Rat gegeben?

Lin Aston?, hatte sie ungläubig zurückgeschrieben. *Wo soll der plötzlich herkommen? Gibt es dort keinen, der nicht gleich so ein Super-Promi ist? Aber wäre natürlich schon cool, wenn …*

Ja, wenn was? Das hatte Sina offengelassen. So ein richtiger Rat war das dann auch nicht … cool … cool, wenn er es war? Natürlich war er es. Cool, wenn da was ginge? Aber was sollte da gehen, schließlich war er mit Jacqueline liiert. Und überhaupt: WAS sollte da gehen? Sie war schließlich kein Groupie, sie hatte noch nie mit einem Mann geschlafen. Eigentlich hatte sie gedacht, dass es mit Chris passieren müsste, aber Chris hatte ja umdisponiert. Oder sie eben nie als mögliche Partnerin gesehen. Wenn sie ehrlich war, war es wohl eher das.

Ach, wie konnte das Leben so kompliziert sein!

»Da hast du es gut, was, Susi? Solche Probleme kennst du nicht!« Aber hatte Susi es wirklich gut? Kaya fuhr durch ihre Mähne und Susi drehte den Kopf zu ihr. »Bekommst du denn die Liebe, die du brauchst?« Sie spürte Tränen der Rührung aufsteigen. Wer bekam überhaupt die Liebe, die er brauchte? Wie viel Liebe brauchte denn sie selbst und, noch wichtiger, von wem eigentlich? Sie stöhnte. »Ach, Susi, die Menschen sind so kompliziert. Und ihr seid dieser ganzen Kompliziertheit ausgeliefert!« Ja, das war schlimm genug. Aber war sie nicht auch ausgeliefert? War nicht jeder Mensch ausgeliefert?

Erst seinen Eltern und deren Erziehung, dann der Schule und den Lehrern und schließlich seinen eigenen Gefühlen, mit denen man nicht mehr zurechtkam.

Sollte sie nicht einfach ins Bett gehen und ihre ganzen Gedanken vergessen? Die waren heute so übermächtig, dass sie sich kaum wehren konnte. Aber wer ging denn schon um neun ins Bett? Sie war ja schließlich kein Kleinkind mehr.

Lin, dachte sie. Mit Lin jetzt noch irgendwo in einem Gasthaus sitzen, in einer gemütlichen Ecke, und reden und ein bisschen, na ja, wollte sie das überhaupt? Wollte sie mit ihm knutschen? Aber klar wollte sie, sie konnte sich im Moment nichts Schöneres vorstellen, als von ihm geküsst zu werden. Aber wieso wollte sie dann in ein Gasthaus, sozusagen als Schutz gegen das Alleinsein? Falls er mehr wollte als nur küssen, was dann? Würde sie mitmachen, nur weil es schön war, weil er Lin Aston war? War sie denn nun in ihn verliebt oder in den Star, den sie noch vor wenigen Tagen aus der Ferne angebetet hatte?

Sie fand keine Antwort.

»Ja, Susi, will ich oder will ich nicht?«

Susi rieb ihren Kopf an ihrer Schulter und Kaya kratzte die Stellen, an denen es die Stute vielleicht jucken konnte.

»Wie auch immer«, sagte sie dabei, »wir beide reiten morgen miteinander aus, das wird traumschön, darauf freue ich mich schon.« Sie zog die Stute leicht am Ohr. »Und diesmal ohne Pferdebremse. Alles ganz friedlich …«

Als sie aus dem Stall kam und sich nochmals vergewissert hatte, dass alle Boxentüren und auch die Außentüre gut verschlossen waren, blieb sie stehen. Es war dunkel geworden, dabei aber noch so warm, dass sie im leichten T-Shirt schwitzte. Das musste so eine Art Saharawind sein, dachte sie, breitete die Arme zum Lüften aus und sah nach oben. Was für ein Sternenhimmel. Zum Greifen nah, ein Stern glitzerte neben dem anderen und sie bemühte sich, etwas zu erkennen. War das nicht der Große Wagen? Und dort das W, das ihr Vater ihr als Kind vorgezeichnet hatte … und … eine Sternschnuppe sauste quer durch die Nacht. Vor lauter Freude wusste sie nicht, was sie sich nun konkret wünschen sollte. Dass Lin seine Freundin verließe und zu ihr käme? Sie träumte still vor sich hin und malte sich dabei Bilder aus, die sie sich selbst nicht eingestehen wollte: Kaya neben Lin im Fond einer schwarzen Limousine mit Chauffeur, dann auf dem roten Teppich neben Lin, Lin, der sie vor der ganzen Welt und allen Kameras küsste, seine Fans, die ihm frenetisch zujubelten und sie neidisch betrachteten. Kaya in einem Traum aus champagnerfarbener Rohseide, genau das Kleid der einen Parfumwerbung, die sie sich nur aus diesem Grund heimlich aus der *Vogue* herausgerissen hatte. Dieses Kleid war ihr Traum. Und warum sollte er sich nicht verwirklichen? Schließlich zeigte Lin doch Interesse an ihr. Sogar mehr als nur Interesse und mehr, als Chris je gezeigt hatte.

Von ihren eigenen Gedanken beseelt, schlenderte sie langsam über den Hof. Aber wo sollte sie nun noch hin? Lisa war mit einigen der jungen Kollegen unterwegs, und sie? Sollte sie allein in ihr Zimmer? Das konnte sie sich bei einer solchen Nacht nicht vorstellen. Und was sollte Lins Spruch von eben? *Wir sehen uns heute Nacht.* Das ging ja gar nicht, das hatte er sicherlich nur so dahingesagt. Was sollte sie also tun? Vielleicht doch nach Ellmau gehen, sich den anderen anschließen? Aber wie kam sie dahin? Plötzlich fühlte sie sich irgendwie verlassen. Wollte sie nicht eigentlich ihre Mutter anrufen? Ja, das war eine Idee. Manchmal waren Mütter eben doch zu was gut.

7. Kapitel

Elisabeth hatte sich diesmal ein anderes Pferd richten lassen. »Sie heißt Sardinia«, stellte sie die Stute vor und fuhr ihr zärtlich über den Mähnenkamm. Sie ritten im Schritt den Weg hinauf, den Kaya schon kannte. Der Himmel hatte sich bewölkt, aber es war noch warm. Ideales Ausreitwetter, fand Kaya, die glücklich auf *ihrer* Susi saß. »Schöner Name«, sagte sie.

»Das alte Lipica hatte sechzehn Stutenstämme«, erklärte Elisabeth, die leicht und gerade auf ihrem Pferd saß. »Einer der Stämme hieß Sardinia und stammte von der Karststute Sardinia ab, die im Jahr 1770 geboren wurde. Wir reden hier über eine der ältesten Pferderassen der Welt, und übrigens, was das Gestüt Lipica angeht, dort wurden sie im Auftrag der Habsburger Monarchie gezüchtet.«

Kaya nickte. »Ich weiß, dass sie deshalb außergewöhnlich edel sind.«

»Ja.« Elisabeth lächelte. »Sie sind sehr sensibel und temperamentvoll, und zudem sehr intelligent. Daher eignen sie sich auch nicht für schlechte Reiter. Die nehmen sie einfach nicht ernst.« Elisabeth grinste schelmisch. »Außerdem sind sie robust und gesund und werden richtig alt – und, Kaya, da sind wir uns doch einig …«, sie brach ab und Kaya sah sie erwartungsvoll an. »Sie sind in ihrer natürlichen Anmut einfach wunderschön!«

Kaya nickte wieder. »Ja, das sind sie!«, bestätigte sie inbrünstig. »Sie sind einfach ganz besonders!« Und das stimmte auch. Susi fühlte sich fantastisch an. Sie ging sicher unter ihr, schritt kräftig aus und war völlig locker. Wieder ertappte sich Kaya bei dem Gedanken, dass sie die Stute gern mitnehmen würde.

»Erzähl mir mal von deinem Stall zu Hause«, bat Elisabeth. Sie ließ die Zügel lang und Sardinia spielte hörbar mit dem Gebiss.

»Tja.« Kaya überlegte. »Da gibt es ganz viel zu erzählen. Von meinem Pony Sir Whitefoot, von den Pferden, die wir kurz vor Weihnachten im Wald eingefangen haben, weil ein Bauer sie einfach freigelassen hatte …«

»Einfach freigelassen?« Elisabeth sah sie erstaunt an.

»Ja.« Kaya zuckte die Achseln. »Die Familie konnte sich die Pferde nicht mehr leisten, der Bauer bekam keine Boxenmiete mehr, da hat er sie einfach ausgesetzt.«

Elisabeth schüttelte den Kopf. »Mitten im Winter?«

»Bei Schneetreiben sind sie über die Landstraße geirrt, wir haben sie dann im Wald eingefangen.«

»Hört sich nach Abenteuer an!«

»Das war auch ein Abenteuer …« Kaya dachte daran zurück. Ja, das war wirklich ein richtiges Abenteuer gewesen.

»Und dann waren wir bei den *German Friendships* im Bexter Hof in Herford …«

»Du warst bei den *German Friendships?«*, unterbrach Elisabeth sie und Kaya las Bewunderung in ihrem Gesichtsausdruck. »Das ist ja klasse. Wie bist du denn da hingekommen?«

»Mit dem Pferde-Lkw«, antwortete ihr Kaya wahrheitsgetreu.

»Nein, ich meine, ich habe schon davon gehört. Da sind doch einige deutsche Jugendliche und jeder bekommt einen internationalen Partner. Und dieses gemischte Paar startet dann gemeinsam. Ist es nicht so?«

Kaya nickte. »Ja, die kommen von überall her. Aus Argentinien, Ecuador, Jamaika, Amerika, von den Cayman Islands … das war genial!«

»Und mit wem warst du dabei? Mit deinem Sir Whitefoot?«

Kaya musste lachen und tätschelte Susi, die gerade einen besonders großen und seltsam geformten Stein interessiert ansah, den Hals.

»Den begutachtet sie jedes Mal«, kommentierte Elisabeth. »Denk dir nichts dabei.«

»Tu ich nicht.« Kaya lachte. »Sir Whitefoot hat auch so einen Lieblingsstein, ein altes Steinkreuz, das in seinen Augen wohl irgendwie komisch aussieht. Er bleibt jedes Mal davor stehen.«

Nun lachte Elisabeth ebenfalls. »Ja, Hauptsache, sie haben

einen Grund. Aber trotzdem, wie bist du dorthin gekommen?«

»Ein …« Wie sollte sie Chris benennen? Einen Freund? Ihre stille Liebe? Nein, Quatsch, sie dachte kurz an Lin. Wohl eher ihren Kameraden. Schließlich war aus der Liebe ja nie etwas geworden! »Ein Reiterkamerad durfte starten«, begann sie. »Er hat zwei Pferde, das ist ja vorgeschrieben, damit er eines, das bessere, abtreten kann. Seine Partnerin war eine Brasilianerin …«, die ihn so angemacht hat, dass sie mir ordentlich auf die Nerven gegangen ist, dachte sie weiter, sprach es aber nicht aus.

»Großartig!« Elisabeth war tatsächlich begeistert, das war nicht aufgesetzt, sondern echt. »Und wie ist es dann dort so?«

»Och, wir hatten einen jungen Prinzen aus Saudi dabei, der kam mit Diener und vergoldeten Truhen angereist, aber er hatte ein deutsches Mädchen als Partnerin, und die hat ihn ganz schön auf Trab gebracht. Beim Empfang hat er dann doch tatsächlich seine Cola selbst geholt und nicht von seinem Diener bringen lassen.«

Sie dachte an die Nächte mit Chris im Lkw. Sie hatte sich extra noch schöne Wäsche gekauft und sich alles so romantisch vorgestellt, und dann hatte er sie in der Schlafkoje des Pferdetransporters einfach allein gelassen. Und wieder hatte es geschmerzt. Was hatte sie seinetwegen nicht schon alles durchmachen müssen?

»Ist ja witzig«, sagte Elisabeth. »Hört sich spannend an.«

»Ja, und eine amerikanische Mutter verlor beim Tanz auf

dem Bretterboden einen ihrer wertvollen Diamantohrringe, da war dann auch ganz schön was los. Plötzlich stürmten Bodyguards das Parkett …«

»Das könnte bei uns ebenfalls passieren.« Elisabeth nickte. »Und seid ihr auch sonst oft auf Turnieren?«

»Ich durfte mal mit Andy in Donaueschingen starten. Andy ist das Pony von Jo, sie hat mit ihm die Deutsche Meisterschaft in der Vielseitigkeit gewonnen. Das war superaufregend für mich, zumal irgendwie die Startzeiten durcheinandergekommen sind.« In Gedanken daran stieß Kaya erst mal Luft aus. »Aber dann hat es doch ganz gut geklappt.«

»Und sonst?«

»Sonst sind wir viel draußen, das habe ich Ihnen ja erzählt. Wir sind so ein paar Mädchen, die alle ähnliche Interessen haben.«

»Pferde halt.«

»Ja, Pferde. Und unsere Ponys, natürlich.«

»Und Jungs?« Elisabeth sah sie von der Seite an.

Hatte sie von Lins abendlichem Besuch erfahren?

»Ich war mal ziemlich heftig verliebt. Aber er wollte nichts von mir wissen …«

»Gibt's so was, wo du doch so hübsch bist?« Elisabeth sah sie fragend an und Sardinia schnappte mal eben zu Susi hinüber. »Hey, du freche Maus!« Elisabeth drückte sie von Susi weg.

»Hübsch?« Kaya zuckte die Achseln. »Wohl nicht hübsch genug!«

»Ach!« Ihr Ton war entrüstet und Elisabeth verzog das Gesicht. »Wie hübsch muss man denn deiner Meinung nach sein?«

Kaya holte Luft. Jetzt stand Lin ganz klar vor ihren Augen. Vielleicht war sie ja doch hübscher, als sie selbst dachte?

»So wie Sie?«, erwiderte sie.

Elisabeth lachte hell auf. »Im Dirndl bist du jedenfalls sehr hübsch und in der Reithose machst du eine gute Figur. So, und jetzt lass uns antraben, sonst zwickt Sardinia das nächste Mal mich statt Susi.«

Elisabeth hatte sich einen neuen Weg ausgedacht, er führte auf eine offene Wiese, die unendlich schien und erst am Horizont von einem Wald begrenzt wurde.

»Meinst du, du hältst sie?«, wollte sie von Kaya wissen, während ihre Stute schon tänzelte.

»Etwa über die Wiese?« Kaya sah sich erschrocken nach Elisabeth um. »Der Bauer killt uns!«

»Der Bauer sind wir«, lachte Elisabeth. »Also, was ist?« Ihre Sardinia sah aus wie ein gespannter Flitzebogen, ganz offensichtlich wollte sie sich mit Susi messen, die nun auch anfing, aufgeregt mit dem Kopf zu schlagen.

»Ja, klar!« Wow, dachte sie, das müssten Minka und Cindy, Fritzi und Reni mal erleben, das ist ja sagenhaft!

Als hätte Susi ihre Gedanken erraten, setzte sie die ersten Galoppsprünge noch fast im Schritt und dann galoppierten beide los. Das altbekannte Gefühl der unendlichen Freiheit stellte sich ein, die Schwerelosigkeit beim leichten Sitz im

Sattel, die Einheit zwischen Reiter und Pferd, verbunden nur durch die Zügel, die Susi noch annahm, aber auch schon anfing, sich mit leichten Stößen dagegenzustemmen.

»Wow, wie schön«, jubilierte Kaya.

»Passt zu eurer Hymne«, rief Elisabeth, die auf gleicher Höhe neben ihr galoppierte.

»Das sieht toll aus«, erwiderte Kaya. Und es sah auch wirklich toll aus, wie Sardinia sich streckte, die Galoppsprünge dabei immer weiter wurden, wie sie ihren edlen Kopf leicht vor der Senkrechten hielt, wie ihre weiße Mähne und der Schweif wehten und, vor allem, wie Elisabeth mit ihr verschmolz, als ob es nur eine einzige Gestalt sei.

»Wie lange reiten Sie schon?«, rief sie hinüber.

»Seit meiner Geburt!«, antwortete Elisabeth.

Kaya lächelte und gab sich dem Takt ihres Pferdes hin, die Zügel tief am Hals, den Rhythmus genießend. Seit ihrer Geburt, dachte sie und war nur selig, dass ihr ein solches Geschenk vergönnt war. Der Waldrand kam langsam näher, da gab Elisabeth mit einem verschmitzten Blick zu ihr hinüber die Zügel hin und Sardinia beschleunigte in einem Satz und schoss nach vorn, was sich Susi aber nicht bieten lassen wollte. Der Boden flog unter den trommelnden Hufen immer schneller dahin. Kaya duckte sich tief und versuchte, das Gelände vor sich im Auge zu behalten, aber wenn es irgendwo ein verstecktes Loch gegeben hätte, wäre es ohnehin für jede Reaktion zu spät gewesen. Sie vertraute einfach und staunte nur noch, welche Kraftmaschinen die beiden Lipizzaner waren, wie ihre Muskeln arbeiteten und wie elegant sie dabei waren.

»Huhu!«, schrie sie und ihr Pferd drehte kurz ein Ohr nach hinten. War es eine Anfeuerung? Jedenfalls hörte es sich für die Lipizzanerstute wohl so an, denn sie legte noch an Tempo zu.

Sie waren nun fast am Wald angelangt. »Langsam!«, rief Elisabeth und gleichzeitig versuchten sie, das Tempo zu drosseln, was gar nicht so einfach war, denn keine Stute wollte die andere gewinnen lassen.

Kaya nahm die Zügel auf und dachte schon an eine große Volte, um Susi wieder einzufangen, da gab sie nach und verlangsamte, bis sie in Schritt fiel.

»Uff!«, sagte Elisabeth und wischte sich mit dem Handrücken kurz über die Stirn. »Die haben ganz gut Power, die lieben Kleinen!«

Auch Kaya schwitzte. Und das helle Fell der Stuten hatte dunkle Flecken. Sie tätschelte Susis feuchten Hals. »Alles gut, meine Süße. Das hast du toll gemacht!«

Elisabeth sah zum Himmel. »Ordentlich drückend!« Sie wies zum Kaisergebirge. »Das sieht nach Gewitter aus.« Tatsächlich, dort, über den Tannen, hoch oben über den kahlen Gipfeln, türmten sich die ersten Wolken. »Drum ist es auch plötzlich so schwül!«

»Sollen wir umkehren?«, fragte Kaya enttäuscht. Sie hatte von zwei Stunden Ausritt geträumt und jetzt waren sie noch nicht mal eine halbe Stunde unterwegs.

»Es gibt von hier aus einen schönen Weg durch den Wald.« Elisabeth zeigte nach vorn und in einem Bogen nach links, wo sich der Wald ausbreitete. »Da können wir auf gutem Waldboden zurückreiten. Wir müssen nur aufpassen, weiter vorn ist eine Straße, dort donnern manchmal die Lkws vorbei. Das birgt jedes Mal prima Schreckpotenzial!«

Kaya grinste. Ja, das konnte sie sich vorstellen. »Das war ein traumhafter Ritt, vielen Dank!«, sagte sie.

»Wir sind ja noch gar nicht zu Hause.«

»Aber der Galopp gerade eben war schon mal sensationell!«

Elisabeth nickte zustimmend. »Ja, wie gesagt, Lipizzaner sind trittsicher. Sie sind eben eine alte Rasse und an ihren Leistungen gewachsen.«

Kaya nickte und hielt ihre Stute zurück, denn jetzt lenkte Elisabeth Sardinia zu einem Weg, der recht schmal in den dichten Wald hineinführte.

»Das ist doch eher was für ein Pony«, sagte sie.

»Musst dich eben klein machen. Da hinten wird der Weg wieder breiter.« Elisabeth ritt voraus und die Tannenzweige schlugen hinter ihrem Rücken zusammen.

»Hat was«, sagte Kaya. »Wie bei Robin Hood. Robin und seine Gefolgschaft auf dem Weg zum geheimen Versteck.«

»Tja, geheime Verstecke gab es hier bestimmt auch. Die gab es wahrscheinlich in jeder bäuerlichen Gegend …«

»Uff!« Kaya konnte gerade noch einen Zweig abhalten, bevor er ihr ins Gesicht schlug. Susi dagegen trottete Sardinia mit gesenktem Kopf hinterher, als ob das ihr täglicher Weg wäre. Kaya bückte sich tief hinter Susis Hals, hielt mit der Hand einen schlanken Birkenstamm ab, der ihr Knie zu quetschen drohte, und spähte an Susis Kopf entlang nach vorn. Das war kein richtiger Tannenwald, sondern eher ein Mischwald mit Tannen, Laubbäumen, Dornengestrüpp und einem riesigen Ameisenhaufen, dem Sardinia auswich und um den auch Susi graziös herumging. Dann wurde der weiche Waldweg tatsächlich breiter. Nicht so breit, dass sie hätten nebeneinanderreiten können, aber doch zumindest so, dass Kaya in aufrechter Haltung bequem hinterherkam.

»Ganz schön zugewachsen«, meinte sie nach vorn. »Gehört der auch Ihnen, dieser Wald?«

»Ja, der gehört dazu.«

»Könnte Ihr Förster dann nicht mal …«

»Wäre doch schade, wenn alles zur Autobahn würde.«

Ja, damit hatte Elisabeth irgendwie auch recht. Vor allem, weil der Wald nun etwas lichter wurde und die Sonne von oben seltsam gedämpft durch die Baumwipfel einfiel.

Kaya sah hoch. »Wie in einer Kathedrale«, fand sie. Und auch die Geräusche waren gedämpft. Der Pferdetritt wurde durch den weichen Waldboden geschluckt, und sie hörte nur ganz vereinzelt ein paar Vogelstimmen, die sie aber nicht zuordnen konnte. Der Weg beschrieb durch die Bäume und Büsche hindurch eine lang gezogene Linkskurve und augenblicklich stellte Susi beide Ohren spitz nach vorn.

»Geht es jetzt zurück?«, wollte Kaya wissen.

»Ja, genau. Stallgeruch, merkst du das?«

»Ich nicht, aber Susi.«

Elisabeth lachte und tätschelte ihrer Stute die Kruppe, während sie sich nach Kaya umdrehte. »Spürst du diese seltsame Stimmung?«

»Ja, als läge was in der Luft. Und als ob alle in Deckung gingen.«

»Das ist das Gewitter. Die Luft wird schwer, alles schweigt und wartet ab.«

»Bloß wir nicht. Wir müssen noch heim ...«

»Ja, und gleich kreuzen wir die Straße. Nimm also lieber die Zügel etwas kürzer, falls uns so ein donnerndes Ungetüm in die Quere kommt.«

Jetzt wurde der Weg wirklich breit und vor ihnen konnte Kaya das graue Teerband einer Straße erkennen. Einiger Abfall lag herum und sogar ein ganzer Kühlschrank.

»Furchtbar!«, sagte Elisabeth. »Da fahren sie lieber in so einen Waldweg hinein, statt zum Altstoffsammelzentrum. Dabei ist die Mühe doch dieselbe. Aufladen und abladen. Und dort kostet es auch nichts. Jetzt müssen es wieder unsere Leute übernehmen, die gar nichts damit zu tun haben.«

»Ich glaube, das ist ein internationales Problem«, sagte Kaya und warf einen Blick auf die Hinterfront des Kühlschranks. »Den eigenen Abfall anderen vor die Füße zu schmeißen. Ich habe da einen interessanten Artikel über Respekt gelesen, in dem ...«, sie unterbrach sich selbst. »Was ist das?«

»Was?« Elisabeth war schon am Straßenrand angekommen und spähte nach links und nach rechts. »Wir können rüber, weit und breit ist nichts zu sehen.«

»Da. Dieser schwarze Beutel. Der zugeschnürte Abfallsack dort.« Kaya hatte Susi durchpariert. »Da bewegt sich doch etwas.«

Elisabeth drehte sich zu ihr um. »Da bewegt sich was?«

Selbst Susi sah nun zu diesem Sack, der neben dem Kühlschrank lag. »Ja, klar! Schauen Sie doch!«

Elisabeth sah von der Straße angestrengt her, dann wendete sie Sardinia und kam zu Kaya zurückgeritten.

»Was meinst du?«

»Da!«

Kaya deutete auf den Sack, der mit einer Juteschnur zugebunden war, und jetzt war es ganz deutlich zu sehen: Er bewegte sich.

»Das darf doch nicht wahr sein!« Kayas Herz klopfte vor Aufregung. Sie saß ab, streifte Susi die Zügel über den Hals und reichte sie Elisabeth, die ihr Pferd neben ihr angehalten hatte. »Können Sie mal übernehmen?«

»Aber klar!« Elisabeth griff zunächst danach, dann schüttelte sie den Kopf. »Warte. Ich sitze auch ab!«

Sie hielt beide Pferde, während Kaya auf den Sack zuging. Ein ganz normaler schwarzer Plastiksack. Ein handelsüblicher Abfallsack. Was würde sie erwarten? Ihr Herz schlug bis zum Hals, als sie sich hinunterbückte, um die Schnur aufzubinden. Egal, was da drin war, es müsste ersticken oder kurz vor dem Ersticken sein. Sie nestelte an der Schnur herum, die mit einem Doppelknoten gesichert war.

»Verdammt noch mal, ich krieg's nicht auf!«

»Reiß ihn auf!«

Kaya zerrte an dem schwarzen Plastik, aber es war verdammt stabil.

»Haben Sie ein Taschenmesser?«, wollte sie hektisch von Elisabeth wissen, und als die verneinend den Kopf schüttelte, zog sie sich den Gürtel aus der Schlaufe. Mit dem Dorn der Schließe könnte sie das Plastik vielleicht durchstechen. Sie hackte damit unter der Schnur auf den Sack ein – und tatsächlich, es entstand eine kleine Öffnung, in die sie nun mit aller Kraft ihren Zeigefinger bohrte. Dann riss sie ein Loch hinein und war auf alles gefasst. Selbst auf Ungeziefer oder Ratten oder sonst was.

»Was ist?«, fragte Elisabeth und hielt bereits ihr Handy in der Hand.

Kaya hatte ihre Finger in Sicherheit gebracht und versuchte nun, in der Tiefe des Beutels etwas zu erkennen. Dann hörte sie es, ein schwaches Maunzen.

»Du lieber Himmel«, sagte sie, während sie zu Elisabeth aufsah. »Eine Katze. Vielleicht verletzt?« Sie weitete das Loch. »Nein! Kätzchen! Verdammt, junge Kätzchen!!! Was ist denn das für eine Sauerei!«

»Junge Kätzchen?« Elisabeth starrte sie an. »Willst du mir etwa sagen, dass da drin …«

Kaya sah hinein, obwohl es schwer war, in der Dunkelheit

etwas zu erkennen. »Drei«, sagte sie dann. »Ich zähle drei. Schwarz-weiß. Oder schwarz. Ich weiß nicht recht. Aber sie bewegen sich. Sie leben!« Sie hätte heulen können vor Trauer und vor Glück. »Wir sind gerade noch rechtzeitig gekommen!«

»Das ist doch nicht zu fassen!« Elisabeth kam mit beiden Pferden an der Hand näher. »Da werfen die ihren Kühlschrank weg und dann auch gleich noch ihre jungen Katzen? Ist die Menschheit von allen guten Geistern ... ja, Frieder? Wir stehen hier an der Landstraße, du weißt schon, wo der Reitweg kreuzt. Ja?« Sie lauschte kurz. »Schick uns einen Wagen, wir haben drei junge Katzen in einem Plastiksack gefunden. Die müssen sofort zum Tierarzt. Und bring einen großen Katzenkorb mit. Und Wasser!« Sie lauschte unwillig, anscheinend hatte er sie unterbrochen. »Wie alt? Keine Ahnung! Kaya, wie alt sind sie?«

Kaya hatte inzwischen eines der Kätzchen herausgeholt. Es hatte noch nicht einmal die Augen offen.

»Winzig! Und halb tot!«

»Dann schick gleich den Tierarzt her. Aber schnell! Und sag ihm, drei junge Katzen, die Augen noch nicht offen, wahrscheinlich kurz vorm Verhungern und Verdursten, in einem Plastiksack ohne Luft. Wir warten hier!«

Inzwischen hatte sich Kaya neben den Sack gesetzt und alle drei Katzen auf ihre ausgestreckten Beine gebettet. Jetzt lagen sie dort und bewegten sich nicht mehr. »Hoffentlich sterben sie nicht! Was können wir bloß tun?«

»Nichts. Nur gut, dass du das gesehen hast!« Elisabeth holte tief Luft. »Ich bin daran vorbeigeritten!!!«

»Das war ein Zufall. Ein Zufall, dass sich gerade eines bewegt hat, sonst wäre es für mich auch nur ein ganz normaler Abfallsack gewesen. Passend zum Kühlschrank!«

»Diesen Lump kriegen wir!« Elisabeth deutete auf den Kühlschrank. »Wer einen alten rausschmeißt, hat einen neuen bestellt. Das bekommen wir raus. Und er hat eine Katze. Der kommt uns nicht davon!«

»Machen Sie ein Foto«, sagte Kaya plötzlich und hielt den leeren Plastiksack hoch über ihre Beine mit den drei Katzen. »Als Beweismaterial!«

»Gute Idee!« Elisabeth fotografierte Kaya, die Katzen und den Kühlschrank und erstaunlicherweise standen die Pferde völlig still.

»Was sind das für hübsche Katzen!«, sagte Elisabeth.

Ja, stimmt, dachte Kaya. Sie waren schwarz mit weißen Zeichnungen. Die kleinste mit den vier weißen Pfoten hatte es ihr besonders angetan. Ob sie ihre Eltern überzeugen könnte … aber sie hatten schon eine Katze, und jeden weiteren Gedanken verbot sie sich, schließlich war jetzt erst mal wichtig, dass sie sie retten konnten.

Zwanzig Minuten später hörten sie einen Wagen, der schnell näher kam.

»Das ist jedenfalls nicht Frieder, der fährt eher bedächtig.« Elisabeth griff die Zügel fester, aber die beiden Stuten interessierten sich in der Zwischenzeit sowieso mehr für den

Waldboden und eventuelle Grasflecken als für herannahende Autos. Es war ein schwarzer Golf, der vor dem Waldweg stark abbremste und gleich darauf vorsichtig in den Weg einbog.

Jan stieg aus. Kaya hatte ihn seit dem Abend am Badesee nicht mehr gesehen.

»Das ist ja vielleicht eine schöne Scheiße«, sagte er zur Begrüßung und Kaya konnte ihm nur recht geben. Das war wirklich ein granatenmäßiger Mist.

Er sah sich die Kätzchen auf Kayas Schoß an, dann nahm er sie einzeln hoch und trug sie in einen mit Frottee ausgeschlagenen Korb. Aus seiner Medizinertasche nahm er drei Pipetten und eine braune Flasche. »Milch«, erklärte er. »Vergleichbar mit der Muttermilch. Jetzt kriegen sie erst mal was zu trinken und dann übernimmt mein Vater, der steckt gerade in einer Operation. Angefahrener Hund.«

»Was ist heute bloß los?«, meinte Kaya, stand auf und klopfte sich den Waldboden vom ledernen Hinterteil ihrer Reithose.

»Kannst du eines übernehmen?«, fragte Jan. »Du ja wohl eher nicht«, sagte er zu Elisabeth, die sich von den Pferden zu einer ergiebigeren Grasfläche hatte ziehen lassen. »Nein, wohl eher nicht«, bedauerte sie. »Aber gut, dass du da bist, jetzt können wir sie hoffentlich retten.«

»Ja, ganz sicher sogar«, erklärte er. »Katzen sind zäh und das Schlimmste haben sie jetzt überstanden.« Er sah Kaya an. »Und dann?«

»Und dann was?«, wollte sie wissen.

»Ja, was passiert dann mit ihnen?«

Darüber hatte sich Kaya noch keine Gedanken gemacht. »Wieso?«

»Nun, wer nimmt sie? Katzen gibt es in dieser Gegend wie Sand am Meer.«

Kaya war ratlos.

»Wir finden schon eine Lösung«, erklärte Elisabeth und kam mit den beiden Pferden näher. »Das wäre das erste Mal, dass wir für etwas keine Lösung fänden.«

»Na, dann ist gut«, sagte Jan, tunkte eine der Pipetten in die Milchflasche, zog sie auf, reichte sie Kaya und deutete auf die Katzen. »Überlegt euch schon mal drei hübsche Namen.«

8. Kapitel

Sie sahen dem davonfahrenden Golf noch nach, bevor sie sich wieder auf ihre Pferde setzten, die dem Treiben absolut friedlich zugeschaut hatten.

»Das muss ihre Kriegserfahrung aus dem vorletzten Jahrhundert sein«, schäkerte Kaya, als sie die leere Landstraße nebeneinander im Schritt überquerten. »Bin ich froh, dass alles so gut abgelaufen ist.«

»Und ich erst!« Elisabeth wies zum Himmel. »Aber noch sind wir nicht zu Hause!«

Stimmt. Hier auf der Straße, mit freiem Blick nach oben, sah man es genau: Über ihnen war der Himmel bedrohlich schwarz geworden.

Kaya nickte stumm. Das war ihr egal. Die Sorge um die jungen Katzen hatte alles andere überlagert und damit auch die Frage, wie man Tieren so etwas antun konnte. Sie wären qualvoll erstickt.

»Wie gut, dass es Handys gibt«, fügte sie an. »Was hätten wir nur ohne Ihr Handy gemacht?«

»Sie vor uns auf den Sattel gepackt.«

Kaya sah misstrauisch zu ihrem Sattelbaum hinunter. Sie

hatten an ihren englischen Sätteln ja keine Packtaschen wie bei den Westernsätteln.

»Vor uns auf den Sattel???«

Elisabeth drehte sich nach ihr um und musste lachen. »Du solltest dein Gesicht sehen …«

»Ja! Weil das überhaupt nicht geht!«

»Dann im Arm?«

»Im Arm? Einhändig reiten? Die wären uns doch runtergefallen!«

»Wenn man sie in ein Kleidungsstück einwickelt, dann flutschen sie einem nicht weg.«

Kaya schüttelte den Kopf. »Elisabeth! Welches Kleidungsstück denn??? Wir haben doch gar keines dabei!«

»Dein T-Shirt!«, sagte Elisabeth bestimmt.

»Und ich soll dann im BH heimreiten?«

»Die Amazonen ritten sogar ganz ohne!«

Ja, da hatte sie recht. Und der Sage nach hatten sie sich sogar den linken Busen abgeschnitten, damit der sie beim Bogenschießen nicht behindern konnte.

»Also gut«, gab Kaya nach. »Dann eben mein T-Shirt.« Sie schloss etwas zu Elisabeth auf. »Drei Kätzchen in meinem T-Shirt. Aber gehalten hätten Sie die Kleinen!«

Elisabeth lachte wieder. »Und wenn wir nach Hause gelaufen wären, irgendwie hätten wir sie in Sicherheit gebracht.«

Ja, da hatte sie recht, daran zweifelte Kaya nicht. Elisabeth war ein Mensch wie sie selbst, die hätte die Katzenbabys nicht im Stich gelassen.

Über ihnen begann es mächtig zu rauschen.

»Ah, jetzt kommt der Wind! Nach dem Wind die Stille und dann der Sturm.«

Kaya war alles recht. Sturm, Hagel, Schneefall, sie war mit sich und der Welt im Reinen.

»Wir müssen beschleunigen, komm, antraben!«

Susi hatte das Kommando schneller verstanden als Kaya. Sie fiel sofort in Trab und schloss sich Sardinia an. Der Waldboden war weich, aber Wurzeln waren üble Stolperfallen und Kaya versuchte, ihr Pferd zu dirigieren, merkte jedoch schnell, dass Susi genau wusste, wo sie hintreten konnte und wo nicht. Trittsicher, ganz wie Elisabeth gesagt hatte. Sie brauchte keine Unterstützung von oben. Sie hätte auch kaum noch unterstützen können, denn es wurde immer dunkler. Und außer dem raschelnden Geräusch der aufsetzenden Pferdehufe hörten sie nichts mehr. Die Tiere des Waldes waren verstummt.

Elisabeth sah sich kurz nach Kaya um. »Alles klar?« Kaya nickte hinter den Ohren ihrer Stute, denn die hatte den Kopf nun etwas gehoben, um besser nach vorn sehen zu können.

Als sie aus dem Wald herauskamen, traf sie der Sturm wie eine Keule. Der Wilde Kaiser war verschwunden, eine schwarze Wolkenwand hatte ihn eingehüllt und unterschied sich nicht von der Farbe des Himmels über ihnen, der so tief hing, dass sich Kaya automatisch duckte. Jetzt waren Susis Ohren tatsächlich höher als ihre eigenen, aber vor allem deshalb, weil die Stute den Kopf erschrocken hochgerissen hatte.

»Scheiße!«, entfuhr es Elisabeth. Ein Wort, das Kaya ihr nie zugetraut hätte, aber sie hatte auch keine Zeit mehr, darüber nachzudenken, denn der erste Blitz schoss vom Himmel herunter und mit dem zu lauten und zu nahen Donner setzte ein wasserfallähnlicher Regen ein. Binnen weniger Sekunden waren sie tropfnass und nun hatten sie einen Wasserschleier vor sich, der ihnen die restliche Sicht nahm. Dazu zuckte schon wieder ein Blitz über den Himmel, diesmal waagrecht über ihnen, und er verzweigte sich mehrfach, bevor er erlosch.

»Du meine Güte!«, flüsterte Kaya und beruhigte Susi, die beim darauffolgenden Donner zusammengezuckt war.

»Zurück in den Wald!!«, rief Elisabeth. »Komm!« Und sie drehte ihre Stute, die ängstlich verlangsamt hatte, um. »Draußen auf der Wiese sind wir ein direkter Angriffspunkt, selbst wenn wir absteigen. Und einzelne Bäume sind zu gefährlich, eine Schutzhütte gibt es hier nicht, also runter vom Pferd, jeder sucht sich einen dichten Baumbestand, Beine wegen der Schrittspannung zusammen und abwarten …«

»Beine wegen was?«

»Pferde sind durch Blitzschlag gefährdet, weil sie eine weite Schrittspannung haben; also die Spannung, wenn ihre Beine weit auseinanderstehen …« Es krachte in der Nähe und Elisabeth glitt von Sardinia herab. »Das gilt für jedes Lebewesen und ist lebensgefährlich!« Sie führte ihr Pferd unter einige dicht beieinanderstehende Bäume und Kaya machte es ihr nach.

Heiße Nummer, dachte sie dabei und überlegte, ob sie schon jemals so etwas erlebt hatte. Ihr fielen jede Menge wilde Abenteuer ein, aber in ein Gewitter war sie noch nie geraten. Selbst durch die Bäume hindurch konnte sie die Blitze sehen und Elisabeth zählte von ihrem Platz aus bei jedem Blitz laut mit: »21, 22, 23, 24, 25, 26 … ah, der Donner! Das sind etwa zwei Kilometer Entfernung. Ganz schön nah.«

Kaya fing an zu zittern. Jetzt fürchtete sie sich doch und außerdem waren T-Shirt und Reithose klatschnass und sie fror. Mit einer Hand hielt sie die Zügel und mit der anderen streichelte und beruhigte sie Susi, stellte aber fest, dass Susis Nerven um einiges stabiler waren als ihre eigenen. Die Stute hielt den Kopf wie im Schlaf gesenkt und zuckte nur bei besonders lauten Schlägen zusammen. »Weiß denn jemand, wo wir sind?« Die Frage fiel Kaya plötzlich ein. Was, wenn wirklich etwas passierte?

»Ich habe eine SMS geschrieben, die geht im Moment aber nicht raus …« Elisabeth zuckte die Achseln. »Von dem Unwetter lässt sich selbst der Satellit beeindrucken …«

Die hat Nerven, dachte Kaya, sagte aber nichts darauf, sondern kraulte Susi weiter hinter den Ohren, denn das schien der Stute besonders zu gefallen und lenkte vor allem sie selbst ab.

Elisabeth zählte immer noch laut mit und sagte plötzlich: »Jetzt bin ich schon bei 18 Sekunden; das Gewitter zieht also weiter, das sind jetzt schon rund sechs Kilometer …« Kaum hatte sie ausgesprochen, schlug es dermaßen nah ein, dass

Susi einen Satz machte, dabei zuerst auf Kayas Fuß sprang und sich danach fast losgerissen hätte. Auch Elisabeth hechtete Sardinia nach.

»Au, au, au …« Kaya hüpfte auf dem linken Bein und schlenkerte den rechten Unterschenkel. Gebrochene Zehen, das würde ihr gerade noch fehlen.

»Geht's?« Elisabeth hatte Sardinia wieder an der Hand und auch Susi hatte sich sofort beruhigt und schien eher zu studieren, was Kaya da Seltsames trieb. »Schlimm?«

Kaya rang nach Atem. »Ich muss einfach an was anderes denken«, stieß sie gepresst hervor.

»Denk an ein neues Paar High Heels, Prada, Gucci oder sonst was Tolles!!«

»Danke für den Ratschlag!« Kaya hüpfte noch immer. »Das sieht jetzt eher nach Birkenstock aus!«

Elisabeth, unter den dichten Baumkronen in der dämmrigen Atmosphäre kaum zu erkennen, lachte herzhaft. »Das schauen wir uns nachher gleich mal an!«

»Wenn ich noch aus dem Stiefel herauskomme!«

Der Regen prasselte weiterhin auf die Wipfel und von überall her tropfte es herunter. Dieser Wasserflut war nicht auszuweichen und Kaya hoffte, dass auf ihrem ohnehin nassen Gesicht die Schmerztränen nicht auszumachen waren. Oder war es die Angst, sich wirklich ernsthaft verletzt zu haben? Oder alles zusammen? Der Schmerz, die nasse Kälte, die Angst vor dem Gewitter und die Angst vor dem Befund? Wenn ihr Fuß jetzt anschwoll, musste sie aus dem Stiefel heraus, das enge Leder würde den Schmerz nur noch verstärken.

»Geht's?«, fragte Elisabeth wieder.

»Es muss«, sagte Kaya und kam sich heldenhaft tapfer vor. Was war schon ein Huftritt gegen die Gefahren, die in anderen Ländern der Erde lauerten? »Es geht«, bekräftigte sie und machte sich selbst Mut.

»Wir haben drei Kätzchen gerettet«, sagte Elisabeth, die Sardinia sanft und beruhigend über den Nasenrücken strich.

»Ja, das haben wir!« Der Gedanke tat gut. Das hatte sie vor lauter Gefahr schon fast vergessen. Es grollte in der Ferne.

»Ich glaube, wir können es wagen«, erklärte Elisabeth und führte ihre Lipizzanerstute unter der dichten Baumgruppe hervor. »Gut, dass wir noch so nah am Wald waren. Am Wasser wäre es ganz schön blöd geworden!«

Gemeinsam führten sie die Pferde langsam zum Waldrand. Kaya humpelte etwas, versuchte aber, es zu verbergen.

»Lass uns aufsitzen«, sagte Elisabeth. »Schaffst du das mit deinem Fuß?«

»Es ist ja der rechte. Der muss nur rüber. Wird schon gehen ...«

Tatsächlich, es regnete zwar noch wie aus Kübeln und es war seltsam düster, aber das Gewitter hatte sich verzogen.

Sie standen eine Weile nebeneinander, sahen aus der Deckung des Waldes hinaus und Kaya kam sich vor wie ein Indianer auf der Pirsch. Sie fror zwar heftig und der Fuß pochte, aber ihre gute Laune kehrte zurück.

»Keines der Pferde hatte Panik«, sagte sie bewundernd zu Elisabeth. »Da kenne ich andere Kaliber!«

»Ich auch …« Elisabeth lachte und ihre weißen Zähne blitzten aus dem nassen Gesicht hervor. »Sie hatten wohl keine Lust, sich großartig aufzuregen!«

Kaya grinste. »So ein bisschen Wildwest ist das jetzt schon …«

»Wildwest?« Elisabeth schüttelte den Kopf. »Nö. Tirol halt!«

Sie ritten nebeneinander auf einen Feldweg, der über die Wiese führte, und trabten an. Der Boden war weich und durch den vielen Regen schlammig geworden. Es spritzte bei jedem Huftritt in jede Richtung und vor allem gegen die Pferdebäuche.

»Nasses Leder und jetzt auch noch schmutzig! Da kriegen wir schön was zu putzen«, sagte Kaya mit einem Blick auf Sardinia.

»Aber weißt du, was das Gute daran ist?«

Kaya überlegte, doch sie konnte nichts Gutes erkennen und schüttelte den Kopf.

»Sattelzeug kann man auch im Sitzen putzen.« Elisabeth warf ihr einen schelmischen Blick zu. »Komm, lass uns galoppieren. Aber verhalten.«

Einen solchen Sturm hatte Kaya auf einem Pferderücken noch nie erlebt, der peitschende Regen nahm ihnen jede Sicht. Am meisten fürchtete sie sich davor, dass sie irgendwo in einem Stacheldraht oder auf einer befahrenen Landstraße landen könnten. Aber Elisabeth schien sich ihrer Sache sicher zu sein. Tief über Sardinia gebeugt galoppierte sie im leichten Sitz vor ihr, als ob sie ein GPS eingebaut hätte. Kaya musste die Augen zusammenkneifen, um überhaupt irgendetwas erkennen zu können. Dann gab sie es auf und konzentrierte sich nur noch auf Sardinias Hinterteil, das sich vor ihr im Rhythmus dehnte und streckte, dehnte und streckte. Es konnte einem alleine vom Zuschauen schon ganz schwindelig werden.

Das nasse T-Shirt und die enge Reithose klebten an Kayas Körper und das weiße Fell der beiden Schimmelstuten war vor Nässe längst dunkel geworden. Die Zügel waren glitschig und schmierten durch ihre nassen Lederhandschuhe, sobald die Stute in der Bewegung den Kopf hob. Und ihre glatte Stiefelsohle rutschte im Steigbügel, vor allem, weil Kaya möglichst wenig Gewicht auf ihren schmerzenden Fuß bringen wollte. Aber Susis Galoppsprünge waren gleichmäßig, knapp hinter Sardinia schien sie sich wohlzufühlen und Sardinia zeigte keine Neigung, nach hinten auszupfeffern. Vielleicht wollte sie aber auch einfach nur nach Hause. Kaya versuchte, sämtliche Empfindungen auszuklammern, und musste plötzlich an ihre Eltern denken. Was, wenn sie tatsächlich erschlagen worden wären? Vorhin im Wald oder jetzt, hier, mitten auf der Wiese?

»Wir haben es bald geschafft«, schrie Elisabeth nach hinten. Im Tosen des Sturms ging das fast unter, aber Kaya reimte es sich einfach zusammen und hoffte, dass es auch so war.

Noch nie hatte sie sich einen Reitstall so herbeigesehnt wie jetzt. Als die ersten Häuser durch den grauen Schleier, der sie die ganze Zeit umgab, auftauchten, dachte sie sofort an die Blitzableiter auf den Dächern. Das war doch schon mal eine Beruhigung.

»Schritt!«, kommandierte Elisabeth und erstaunlicherweise hatte Kaya kein Problem, Susi sofort durchzuparieren.

Elisabeth drehte sich nach ihr um und schüttelte sich. »Na«, sagte sie und Kaya sah mit Erstaunen, dass sie übers ganze Gesicht lachte. »Das war nun wirklich die Feuertaufe für dich!«

»Feuer? Wasser!«

Elisabeth klopfte sich auf den Helm. »Wenigstens sind die Haare trocken geblieben!«

Jetzt lachte sie wirklich lauthals und Kaya konnte es kaum glauben. Aber der nächste Blitz musste trotz allem nochmals in der Nähe eingeschlagen sein, denn der Donner war so laut, dass beide Pferde einen riesigen Satz machten. Elisabeth wäre fast abgestiegen und konnte sich erst in letzter Sekunde noch retten. Aber sie lachte noch immer.

Kaya schüttelte nur stumm den Kopf. Es goss durchgehend, sie waren alle vier klatschnass und ein verirrter Blitz war über ihre Köpfe hinweggezuckt. Sie konnte absolut nichts Lustiges an dieser Situation finden.

»Endlich ist mal was los«, sagte Elisabeth gut gelaunt. »Das unterscheidet sich doch schon sehr von unseren gewöhnlichen Schönwetter-Ausritten!«

»Könnt ihr ja ins Programm aufnehmen«, schlug Kaya vor, während sie im Schritt nebeneinanderher ritten.

»Trocken reiten, nennt man so was«, sagte Elisabeth und nun musste auch Kaya lachen. Trocken reiten war wirklich ein Witz.

Als sie am Gestüt ankamen, wurden sie von einer kleinen, besorgten Menschenmenge empfangen, darunter Balthasar, Elisabeths Vater.

»Alles gut?«, wollte er wissen.

»Ja, wir haben Deckung gesucht!« Elisabeth stieg ab und führte Sardinia hinein, Kaya folgte mit Susi.

»Überschwemmung auf der Stallgasse«, sagte der Chef des Hauses trocken und zeigte auf die breite Wasserspur, die sich hinter den beiden herzog.

»Für unseren neuen Sport«, konterte Elisabeth, die selbst tropfte und nun den Reithelm abnahm.

»Aha. Und wie soll der gehen?«

»Wasserskifahren«, sagte Elisabeth und alle lachten.

Sie hatten die Pferde mit Stroh abgerieben und nun, während sie nacheinander unter dem wärmenden Solarium standen, half Elisabeth Kaya aus dem Reitstiefel. Der Hufabdruck war über den Rist und drei Zehen zu sehen, aber gebrochen war nichts. »Wird hübsch blau werden«, prognostizierte Elisabeth. »Wir haben einen Arzt hier, der soll sich das noch anschauen. Und du packst gegen die Schwellung mal Eis drauf und ziehst dir was Trockenes an.«

Kaya nickte. »Und was ist mit den Katzen«, wollte sie wissen.

»Da fahren wir später hin, die sind ja jetzt in guten Händen!«

»Eigentlich müssten sie Stormy, Donny und Blitzy heißen«, gab Kaya zum Besten.

»Ja.« Elisabeth nickte. »Das sind ganz besonders schöne Katzennamen.« Ihre braunen Augen funkelten vor Vergnügen.

9. Kapitel

Kaya duschte genüsslich, wusch sich die langen Haare, gönnte ihnen eine cremige Lotion, ihrem Körper ebenfalls und zog sich anschließend langsam und zufrieden an. Sie war durch und durch glücklich. Alles war gut gegangen, die Kätzchen waren gerettet, die Pferde hatten sich nichts getan und selbst ihr Fuß schien sich zu beruhigen, zumindest schmerzte er nicht mehr so. Alles war gut. Und am besten war das Briefchen, das an sie adressiert unter der Türe durchgeschoben worden war. »*Sorry für gestern Nacht, ging einfach nicht. Aber hast du heute was vor? Romantischer Spaziergang zum Badesee? Freu mich!*«

Kaya freute sich auch. Allerdings wusste sie nicht, ob sie heute noch arbeiten musste, schließlich hatte sie ja früher aufgehört. Womöglich die erste Nachtschicht? Sicherheitshalber rief sie Leo an der Bar an, aber der lachte nur. »Das kannst du dir ja vorstellen, wie schnell die Kaiserwiese leer war. Mit den ersten Regentropfen kam die große Flucht und wir hatten alle Hände voll zu tun, alles ins Trockene zu bringen.«

»Au ja.« Kaya dachte nach. Stimmte natürlich. All die

Sitzkissen, Tischdecken und Sonnenschirme, die vor dem Sturm gerettet und zugeklappt werden mussten.

»Und ihr hattet ja Nervenkitzel genug, wie man hört …«

»Ja.« Kaya nickte bekräftigend in ihr Haustelefon. »Es war ein ekelhaftes Gewitter. Aber Elisabeth blieb ruhig und die Pferde erstaunlicherweise auch.«

»Ja, Elisabeth hat ein gutes Händchen …« So wie er es sagte und seine Stimme in der Luft blieb, hörte Kaya tiefe Bewunderung heraus. Bewunderung? Oder noch mehr? Sie stellte sich Leo mit Elisabeth vor, brachte das Bild aber nicht richtig zusammen.

»Wir sehen uns morgen früh wieder«, fügte Leo an. »Hab einen schönen Abend!«

»Ja, fein. Danke. Sie auch!«

Das Einzige, was Kaya vor ihren Augen sah, war der Spaziergang mit Lin. Jetzt konnte also nichts mehr dazwischenkommen. Sie hatte den Hörer gerade aufgelegt, als das Telefon klingelte. Lin? Kaya nahm schnell ab. Es war Elisabeth.

»Wenn du mitkommen magst, ich fahre jetzt zum Tierarzt.«

»Klar! Ich bin sofort da!« Sie schnappte sich den Wäschekorb mit den nassen Sachen, um sie auf dem Weg in die hoteleigene Waschmaschine zu werfen. Normalerweise hätte sie die Reitsachen einfach zum Trocknen über die Badtüre gehängt, aber sie wollte Lisa weder den Anblick noch den Geruch zumuten. Nicht jeder fand Pferdeduft schön.

Einige der Mitarbeiter begegneten ihr und anscheinend

hatte sich ihr Abenteuer bereits wie ein Lauffeuer herumgesprochen, manche nickten ihr grinsend zu, andere fragten, ob das nicht furchtbar gewesen sei, bei so einem Unwetter draußen mit den Pferden? Kaya fühlte sich bereits ein bisschen wie eine Heldin, dabei hatte sie ja keine wirkliche Leistung vollbracht.

»Für einen Orden reicht es noch nicht«, meinte sie deshalb zu einem der Lehrjungen aus der Küche, den sie am Badesee kennengelernt hatte.

»Jedenfalls bist du eine ganz schön toughe Maus«, sagte er und sie dachte nur, dass dieser Spruch nun überhaupt nicht zu ihm passte, so bubenhaft, wie er mit seinen Pickeln noch aussah. Aber sie erwiderte nichts, sondern nickte nur und machte, dass sie auf den Parkplatz kam, wo Elisabeth in ihrem Wagen schon auf sie wartete.

Jan öffnete die Haustüre, denn die Praxis war bereits geschlossen. Sein Vater trat hinter ihn und sah in Jeans und grünem Poloshirt überhaupt nicht nach einem Arzt aus, fand Kaya.

»Dafür, dass unsere Praxis am Donnerstagnachmittag geschlossen ist, ist heute wirklich Tag der offenen Tür. Auch für den *Stanglwirt*«, sagte er und verzog den Mund unter seinem dichten Schnurrbart zu einem Lächeln. Ob freundlich oder grimmig, konnte Kaya nicht herauslesen.

»Ach«, sagte Elisabeth ungerührt. »Wer war denn sonst noch da?«

»Ein Pärchen mit zwei Möpsen. Der eine hatte sich einen

Dorn in die Pfote getreten und das war ein riesiges Dilemma …« Jetzt grinste er wirklich und zuckte mit den Achseln. »Manche Frauen neigen zu hysterischen Anfällen, da kannst du eben nichts machen.«

Oh Gott, dachte Kaya, hieß das, dass der nächtliche Spaziergang ausfiel? Wegen Bruce oder Willis? Musste Lin nun Krankenschwester spielen?

»Wir hätten auch noch einen ramponierten Fuß zu begutachten«, sagte Elisabeth und deutete auf Kaya.

»Oh, nein!« Kaya zog sofort ihren rechten Fuß zurück. »Tut schon gar nicht mehr weh …«

Alle drei schauten sie an und Kaya spürte, wie sie rot wurde. »Wollten wir nicht nach den Kätzchen sehen?«, fragte sie und Jan nickte. »Klar, denen geht es gut. Kommt!«

Gemeinsam folgten sie ihm durch den Flur des Privathauses zur angrenzenden Praxis. Überall an den Wänden hingen Tierbilder mit einem Dankeschön der Besitzer. Selbst Rehkitze und Füchse waren darunter. Vor dem Foto eines großen Vogels mit hängendem Flügel blieb Kaya stehen. »Wie kam denn der zu Ihnen?«, wollte sie wissen.

»Ein Steinadler. Wurde am Wilden Kaiser gefunden, vielleicht hat ihn eine Steinlawine erwischt.« Jans Vater zuckte mit den Schultern. »Das war nicht einfach, aber wir haben ihn retten und später wieder auswildern können.« Er lächelte Kaya zu und jetzt konnte Kaya seinen Gesichtsausdruck gut lesen: Er war stolz. Und mit Recht, dachte Kaya. »Wie füttert man denn so einen Steinadler?«, wollte sie wissen.

»Mit jungen Katzen«, sagte Jan süffisant, erntete dafür aber sofort einen strafenden Blick von Elisabeth.

»Wenn du so weitermachst«, schimpfte sie, »überlege ich mir das noch mal mit deiner zukünftigen Beschäftigung …«

»Zu Befehl«, erwiderte er sofort und sein Vater schüttelte den Kopf. »Junges Gemüse!«, sagte er und öffnete die Türe zu seinen Praxisräumen. »Den Kätzchen geht es gut, sie sind knapp zwei Wochen alt, dürften bald die Augen öffnen. Offensichtlich hat die Mutter sie so lange verstecken können. Sie haben eine Wurmkur bekommen, gegen Katzenseuche und Schnupfen impfen wir sie später. Nun muss die Mutter ersetzt werden.« Er sah Elisabeth an. »Die Katzenmutter leckt den Babybauch und animiert das Kleine somit, sein Geschäft zu machen, und leckt das dann auch gleich sauber.«

»Ach? Und wie soll das denn jetzt gehen?« Kaya runzelte die Stirn. Der Tierarzt musterte sie belustigt.

»In unserem Fall imitiert die feuchte Ecke eines Tuchs die mütterliche Katzenzunge«, erklärte er lächelnd. »Aber jetzt kommt's: Wir haben den Kleinen eine hochwertige Aufzuchtmilch gegeben, das müsst ihr nun im Drei-Stunden-Takt mit dem Fläschchen übernehmen und sozusagen die säugende Mutter ersetzen. Und das Fläschchen sollte 37 bis 39 Grad warm sein. Mit der Zeit werden die Abstände schon länger und nachts könnt ihr dann eine Fütterungspause von rund fünf Stunden einlegen.«

»Ah«, unterbrach Kaya. »Und woher wissen wir, ob wir zu viel oder zu wenig füttern?«

Er nickte ihr wohlwollend zu. »Ihr müsst das Gewicht kontrollieren, am besten immer um die gleiche Zeit. Und dann auch schon bald Schälchen und etwas Nassfutter anbieten. Und die Äuglein mit einem lauwarmen Wattebausch reinigen, die Mutter nimmt dafür ebenfalls die Zunge. Und im Übrigen … junge Katzen sind neugierig und sehr agil. Sobald die drei hier etwas stärker sind, werden sie ihre Umgebung erkunden. Ihr solltet also ein bisschen aufpassen, wo ihr den Korb platziert …«

»Da hat so eine Katzenmutter ganz schön was zu tun«, sagte Kaya zu Elisabeth. »Und außerdem«, fügte sie schnell hinzu, »ist es doch auch furchtbar für die Mutter! Sie weiß ja überhaupt nicht, was mit ihren Jungen passiert ist, und sucht sie sicherlich überall!«

»Vielleicht finden wir die Mutterkatze ja. Wenn wir rauskriegen, wem der Kühlschrank gehört, müsste das doch fast möglich sein …« Elisabeth nickte ihr zu und ging als Erste in das Zimmer, dessen Tür der Arzt ihr aufhielt. Unter einer Wärmelampe lagen die drei Kätzchen schlafend in einem Korb und hatten sich auf der flauschigen Unterlage eng zusammengekuschelt.

»Satt und zufrieden«, sagte Jan.

»Dort habe ich alles gerichtet, was Sie brauchen.« Sein Vater zeigte auf einen geschlossenen Plastikbehälter. »Den Katzenkorb können Sie einstweilen behalten, aber immer darauf achten, dass sie es schön warm haben. Eine mobile Wärmelampe gebe ich Ihnen mit.«

Jan trug den Korb hinaus und beugte sich dabei etwas zu Kaya hinunter.

»Hast du mal an einem Abend Zeit?«, fragte er leise.

Kaya sah zu ihm hoch. Der schöne Jan. Lisa hatte recht gehabt, er sieht wirklich gut aus, dachte sie. Aber einer, der es bei allen Frauen probiert? Bei jedem Neuzugang, wie Lisa so schön gesagt hatte?

Auf der anderen Seite gehörten immer zwei dazu, das hatte sie damals geantwortet. Schließlich konnte sie sich ja nicht verkriechen. Aber gegen Lin? Gegen Lin war Jan eben nur, ja, was denn eigentlich? Provinz! Sie lächelte und Jan schien das als Zustimmung aufzufassen.

»Ich ruf dich an«, sagte er, während er den Korb auf dem Rücksitz verankerte und Kaya ihre Utensilien daneben ablegte.

Kaya nickte nur. Welche Nummer wollte er denn wählen? Ihre Handynummer hatte er nicht. Sich über die Rezeption mit ihr verbinden lassen? Das würden die dort bestimmt ganz toll finden. Hotelgast Kaya Birk? Nein, Urlaubsjobberin an der Tagesbar. Suuuper!

»Was geschieht denn nun weiter?«, fragte Kaya, nachdem sie wieder im Auto saßen und zurückfuhren.

»Zunächst schaut sich die Polizei mal diesen Kühlschrank an, denn Müll im Wald abzuliefern ist verboten. Erschwert durch das Delikt der Tierquälerei. Vielleicht kann ja ein ortsansässiger Händler etwas dazu sagen. Wer einen alten Kühlschrank rauswirft, hat schließlich einen neuen bekommen.«

»Aber nehmen Händler den alten nicht mit? Dieser Typ hat wahrscheinlich nicht gewusst, wohin er ihn entsorgen soll, weil er den neuen übers Internet bestellt hat. Ebay oder so.«

»Dann UPS oder DHL.«

Kaya nickte. »Und wer kümmert sich jetzt um die Kleinen?«

Elisabeth warf ihr beim Fahren einen schnellen Blick zu. »Kannst du die erste Nacht übernehmen?«

Kaya dachte an Lin. Nein, konnte sie nicht. Dann dachte sie an die Kätzchen, da gab es keine andere Wahl. Und überhaupt, vielleicht durfte Lin gar nicht raus, wenn sich der eine Mops verletzt hatte? Und zudem: Wollte sie sich in einen Jungen verlieben, der bereits liiert war? Nein, das wollte sie nicht ... Aber leider war es schon zu spät, sie war ganz einfach gnadenlos verschossen.

Lisa sah das Ganze viel ungerührter als Kaya. »Kätzchen halt«, sagte sie und betrachtete die drei schlafenden Knäuel in ihrem Korb, den Kaya auf dem Tisch abgestellt hat. »Aber in einem Plastiksack? Das ist schon eine riesige Sauerei!« Ihre Stimme hing noch etwas in der Luft und Kaya hatte die Ahnung, dass sie sich weitere Aussagen zur bäuerlichen Entsorgung überzähliger Katzen verkniff. »Und jetzt?«, fragte sie stattdessen.

»Jetzt behalte ich sie diese Nacht zunächst mal hier und füttere sie alle drei Stunden, so hat es der Tierarzt gesagt.«

Lisa schüttelte nur stumm den Kopf.

»Und dann?«, wollte sie wissen.

»Dann …« Kaya holte tief Luft. »Dann weiß ich auch nicht!«

»Braucht ihr denn zu Hause eine Katze?«

Kaya dachte an ihren eigenwilligen Kater und schüttelte den Kopf.

»Tja«, sagte Lisa und wandte sich ihrem Spind zu. »Aus dem Badesee wird ja heute wohl nichts nach dem Wolkenbruch. Ich schätze mal, wir fahren nach Ellmau. Da brauch ich dich ja wohl nicht zu fragen, ob du mitwillst?« Sie wies auf den Korb.

»Nein, eher nicht.«

Lisa zog ihr Arbeitsdirndl aus und Kaya staunte wieder mal über ihre Figur. Sie hatte immer gedacht, dass mollige Menschen irgendwie schwammig sind, aber Lisa war das überhaupt nicht. Im Gegenteil. Kaya fand, dass sie mit ihren Wölbungen und ihrer festen Haut sehr erotisch aussah. Vor allem, wenn sie wie jetzt nur einen Slip trug. Die Kleidung brachte die Schönheit ihres Körpers gar nicht zur Geltung.

»Ich geh duschen«, sagte Lisa und drehte sich zu Kaya um. »Ist was?« Kaya schlug ertappt die Augen nieder, dann besann sie sich eines anderen und blickte sie offen an. »Nein. Ich fand nur eben, dass du einen sehr schönen Körper hast!«

»Oh, danke!« Lisa lächelte und warf sich ein frisches Badetuch über die Schulter. »Sag das mal den hübschen Jungs, die interessieren sich nur für Magerziegen!«

»Also für mich?«

Lisa musste lachen. »Ganz außerordentlich für dich!!«

Als Lisa gegangen war, setzte sich Kaya an den Tisch und sah auf die Uhr. Sollte sie die drei Kleinen nun alle drei Stunden wecken und füttern oder ihr Aufwachen abwarten? Sie griff zum Handy. Das war doch mal wieder so eine Notlage, in der man sich Rat zu Hause holen konnte.

Ihre Mutter hörte sich ihre Geschichte an und versprach dann, sich zu informieren und zudem umzuschauen, ob nicht jemand ein Kätzchen aufnehmen wollte.

»Bei uns im Stall«, schlug Kaya vor. »Claudia? Oder die Waldmanns?« Es war das erste Mal seit einigen Tagen, dass sie überhaupt an Chris dachte. Das fiel ihr auf, während sie es aussprach. »Oder überhaupt in meinem Freundeskreis?«

»Also soll ich Telefondienst machen?«, fragte ihre Mutter amüsiert.

»Es ist im Dienst der guten Sache«, gab Kaya zurück. »Und von hier aus sind die Telefonate einfach zu teuer!«

»Da stimme ich dir zu.«

Kaya sah förmlich, wie die dunklen Haare ihrer Mutter bekräftigend wippten. In diesem Moment klopfte es.

»Hi, Schöne der Nacht, Lust auf einen Spaziergang?«

Irritiert sah Kaya zur Tür. Die Stimme hatte gedämpft geklungen, trotzdem hatte sie jedes Wort verstanden. Und sie wusste auch sofort, wer es war: Lin!

»Augenblick«, sagte sie leise in ihr Handy: »Mama, es klopft. Ich muss auflegen!«

»Alles klar, ich kümmere mich!«

Mit dem guten Gefühl, dass nun alles in Ordnung kam, ging sie zur Tür. Ihr Herz hämmerte und sie befürchtete, dass sie vor Aufregung rot geworden war. Wie sah sie überhaupt aus? Aber für einen Umweg über den Badezimmerspiegel hatte sie nun keine Zeit mehr. Sie öffnete und erblickte als Erstes ein leeres Sektglas, das er ihr entgegenstreckte. »Ich möchte mit dir anstoßen«, sagte Lin. »Darauf, dass wir uns kennengelernt haben!«

Kaya räusperte sich und trat einen Schritt zurück. »Komm herein!«

Er sah fantastisch aus! Megacool, wie er in seiner schwarzen, abgewetzten Lederjacke vor ihr stand, die dunklen Haare in einer wilden Ordnung frisiert, der leichte Bartschatten und vor allem sein Lächeln. Diese Lippen waren verführerisch und sein herausfordernder Blick traf sie mit voller Wucht.

»Ja, und dann«, fragte sie, während sie sich sammelte. »Was schlägst du vor?«

»Einen kleinen Spaziergang in die Dämmerung. Die Luft ist wunderbar frisch und wir nehmen Sigi mit.«

»Wir nehmen was?« Kaya sah ihn groß an.

»Wir machen einen Abendspaziergang mit Sigi. Die Hunde können nicht, der eine hat sich verletzt. Und außerdem stelle ich mir einen Abendspaziergang mit dir und Sigi als das höchste meiner Gefühle vor.«

»Du kannst doch nicht einfach …« Es klang entrüsteter, als sie wollte, und sie besann sich schnell: »Den Hengst?«

»Ist das nicht ein verlockender Gedanke?«

Der eigentlich verlockende Gedanke war nicht der Hengst, dachte Kaya, der verlockende Gedanke war Lin. Sie erinnerte sich an ihren ersten Abend, als sie ihn bei dem Hengst in der Box stehen sah. Lins Duft, der in der Boxengasse zurückgeblieben war und den sie bis heute in der Nase hatte. Auch jetzt wieder. Er roch einfach unverschämt gut. Oder konnte sie ihn einfach gut riechen? War es seine Anziehungskraft, die den Duft ausmachte? Oder eben weil es Lin war? DER Lin? Sie kam nicht dahinter. Aber er stand abwartend vor ihr, zwei Sektgläser in den Händen und eine Flasche unter den Arm geklemmt.

»Ich …« Kaya drehte sich um und deutete auf den Katzenkorb. »Ich habe drei Katzenbabys hier, die alle drei Stunden Milch brauchen.«

»Wie kommst du denn zu Katzenbabys?« Er blickte an ihr vorbei zum Tisch. »Lass mal sehen.«

Kaya trat zur Seite und er war mit wenigen Schritten an dem Korb. »Die schlafen«, stellte er fest. »Können die schon laufen? Dann stellen wir den Korb besser auf den Boden, damit sie nicht runterfallen. Wo ist die Mutter dazu?« Er sah sich nach Kaya um, die unentschlossen an der Tür stand.

»Wir haben sie heute bei unserem Ausritt in einem Plastiksack gefunden. Es gibt leider keine Mutter.«

»Plastiksack?« Er sah sie an und runzelte die Stirn. »Barbaren! Und was passiert jetzt mit ihnen?«

Kaya zuckte die Achseln. »Wir überlegen noch.«

»Sie schlafen«, wiederholte er. »Und sehen außerdem zufrieden aus«, stellte er mit prüfendem Blick fest. »Dagegen wird es draußen schnell dunkel. Wir sollten los.«

Kaya zögerte. Lin deutete mit dem Sektglas auf sich. »Du willst dir diese Gelegenheit doch nicht entgehen lassen?«

»Mit Sigi und dir?«

»Mit uns beiden auf der Wiese im Gras, zwei Gläser Sekt, der Blick in den Sternenhimmel und die Gewissheit, dass wir die Einzigen sind.«

»Die Einzigen?«

»Die Einzigen weit und breit.«

Na, dachte Kaya, mit dem Hengst an der Hand konnte da ja nicht viel passieren.

»Und den Hengst darfst du so einfach mitnehmen?«

»Wer bin ich denn, dass ich das nicht dürfte?«

»Und die Kätzchen?«

»Wir sind früh genug zurück.«

»Gut.« Kaya stellte den Korb direkt vor ihr Bett, platzierte die Wärmelampe und betrachtete die drei Knäuel noch einmal genau. Sie waren so klein und zart, dass man sogar sah, wie sich ihre Rippen bei jedem Atemzug hoben und senkten.

»Wir kriegen euch durch«, tröstete Kaya leise. »Und wir finden einen guten Platz.« Ein bisschen hatte sie dabei das Gefühl, dass sie sich vor allem selbst tröstete. Dann griff sie nach ihrer Jacke und lächelte Lin zu. »Worauf wartest du?«

Vor ihrer Tür hatte er einen Rucksack deponiert, in dem er nun die Flasche und die beiden Gläser verstaute. »Ein kluger Mann baut vor«, sagte er dabei und zwinkerte Kaya zu, die sich eher Gedanken darum machte, wie das wohl auf vorbeigehende Kollegen gewirkt haben mochte, so ein verlassener Rucksack direkt vor ihrer Tür. Egal, dachte sie gleich darauf, warum nicht …

Sigi war superfriedlich, so als ob er den Abendspaziergang als völlig normal empfände. Lin hatte ihm nur ein Halfter umgelegt, ihm einen Apfel als Willkommensgruß gegeben und dann war der Hengst am langen Strick neben ihnen aus dem Stall herausspaziert. Kaya fand das schon ziemlich unfassbar und kramte in ihrem Gedächtnis, ob sie jemals nachts mit einem Hengst spazieren gegangen war. Mit ihren Ponys schon, klar, und nicht nur das, sie hatten sich auch auf ihre bloßen Rücken geschwungen und waren über die Wiesen galoppiert, über die man tagsüber nicht durfte. Mit ihren Freundinnen hatte sie schon alles Mögliche angestellt. Das meiste natürlich hinter Claudias Rücken, denn die hätte solch halsbrecherische Ausflüge niemals erlaubt. Aber schließlich war sie als Reitlehrerin und Reitstallbesitzerin ja auch verantwortlich für die Sicherheit ihrer Jugendlichen und deren Pferde und Ponys. Also war so etwas eben nur heimlich möglich!

Aber das hier? Sie sah zu Lin hinüber, der neben ihr ging und nun wie ganz selbstverständlich den Arm um sie legte. Er war größer und wirkte stark und es war ein schönes Gefühl. Sigi sog die Luft ein, schnaubte und schüttelte seinen Kopf, dass die Mähne flog.

»Das gefällt ihm«, sagte Lin. »Er ist ein ganz besonderes Pferd!«

Und du bist ein ganz besonderer Mann, dachte Kaya.

Sie spazierten zu dritt nebeneinander durch ein kleines Wohngebiet und irgendwie hatte es etwas Familiäres, fand Kaya. So, als ginge das Ehepaar abends noch mit dem kleinen weißen Hund Gassi, nur dass der kleine weiße Hund eben ein großer weißer Hengst war.

»Wie ist es denn so, wenn du einen Auftritt hast?«, wollte Kaya wissen. »Bist du dann aufgeregt?«

Er zuckte die Schultern und drückte sie im Gehen ein bisschen enger an sich. »Vorher schon. Ob alles klappt, die Technik und so, wie die Leute drauf sind. Aber sobald es losgeht, ist alles gut, dann kommt die große Lust, die Sicherheit und auch der Spaß, etwas zu beherrschen, was andere lieben. Und wollen.«

»Ja, das kann ich verstehen.« Kaya sah es direkt vor sich. Die riesige Bühne mit den Aufbauten, dem aufpeitschenden Lichtspiel, den Musikern, alle leidenschaftlich mit ihren Instrumenten verwoben und fast in Trance, davor die tobende Menschenmasse, und über allem Lin, das Mikrofon in der Hand, singend, tanzend, seine Musiker anfeuernd, die enge Jeans, das aufgerissene T-Shirt, sein Körper, wie er in Ekstase zuckt und bebt … es entfuhr ihr ein kleiner Seufzer.

»Was hast du gerade gedacht?«

Sie drehte den Kopf zu ihm hin und er küsste sie auf die Stirn.

»Dass es ein unglaubliches Gefühl sein muss, dabei zu sein.«

»Das kannst du erleben, das habe ich dir ja schon gesagt …«

Seine Hand glitt in ihren Nacken und sie spürte einen Schauder über ihren Rücken laufen. Es war eine helle Nacht, trotzdem musste sich Kaya anstrengen, um das Gelände vor ihr zu erkennen. Die Häuser hatten sie hinter sich gelassen, die schmale Straße stieg an, nun musste dieses dunkle Gelände, das rechterhand unter ihnen lag, der Badesee sein.

»Hinein können wir wohl nicht«, sagte sie mit einer entsprechenden Geste.

»Käme nicht so gut«, lachte Lin. »Wir finden hier oben ein Plätzchen in der Wiese. Ganz gemütlich und ganz kuschelig, mit Sicht auf die Lichter des *Stanglwirt*.«

Kaya mochte das ein bisschen bezweifeln, sagte aber nichts. Die nachmittäglichen Wassermassen hatten die Erde gut getränkt, und damit war es auf der Wiese sicherlich nicht gemütlich und kuschelig, sondern eher klamm und feucht, zumal es auch insgesamt abgekühlt hatte. Eine richtig laue Sommernacht fühlte sich jedenfalls anders an.

Sigi streckte die Nase nach unten und blieb stehen. Das war klar. Frisches Gras am Wegesrand, da konnte kein Pferd weitergehen. Lin blickte sich um. Von hier aus sah man nur auf die Umzäunung des Badesees. Das hatte selbst in der Dunkelheit wenig Charme.

»Komm, mein Dicker«, sagte er zu Sigi und zeigte in die

andere Richtung, die Wiese hinauf. »Dort oben gibt es auch schönes Gras …«

Kaya beobachtete die beiden, wie der Hengst aufblickte und Lin ihm in die Mähne fasste. Fehlte nur noch, dass er sich auf seinen bloßen Rücken schwang und davongaloppierte. Für einen Moment fühlte sie sich an einen mystischen Film erinnert, wusste aber nicht, an welchen. Herr der Ringe? Und das Pferd hieß Schattenfell, fiel ihr im selben Moment ein. Aber Lin sah einfach nicht wie Gandalf der Weiße aus. Sie musste lachen. Lin wandte sich ihr zu und selbst Sigis Ohren stellten sich in ihre Richtung. Kaya schüttelte den Kopf.

»Sorry«, sagte sie und lachte wieder, »aber eben dachte ich, ich bin im Film. Sagt dir Schattenfell was?«

»Klar. Das schönste und schnellste Pferd, das je erfunden wurde!«

»Ja. Ich dachte eben, ich hätte ein Déjà-vu.«

»Wegen uns beiden?« Lin wies mit dem Daumen zu Sigi, der sie aufmerksam betrachtete.

Kaya nickte.

»Gar nicht übel, was, mein Dicker?« Er lehnte seinen Kopf gegen Sigis Stirn. »Ein bisschen hat sie uns durchschaut, findest du nicht auch?«

Kaya wusste nicht, wie sie darauf antworten sollte, und Lin holte kurz tief Luft, dann legte er seinen Arm um sie. »Komm, du Schöne der Nacht, wir wollen endlich ein Glas auf unser Kennenlernen trinken!«

Gemeinsam wechselten sie von der Straße auf die angrenzende Wiese und stiegen sie langsam hoch, bis Lin an einem Apfelbaum stehen blieb. »Hier ist ein dicht belaubter Baum, darunter trockenes Gras. Wir haben den Blick, den wir suchten, und trotzdem die Sterne über uns, hier ist es richtig!« Er schlang das Ende des Führstricks um einen tiefen Ast und begann seinen Rucksack auszupacken. Eine Picknickdecke kam zum Vorschein, eine Longe, die Sigi mehr Bewegungsfreiheit gab, und die Flasche, die er gleich im Stehen öffnete.

»Ist das nicht ein kleines Paradies?«, fragte er Kaya. »Komm, setz dich.«

Kaya ließ sich auf der Decke nieder und fühlte sich irgendwie zwischen Realität und Fiktion. Aber der Mann war perfekt, selbst die Picknickdecke war auf einer Seite gegen Nässe beschichtet. An so etwas hätte Chris nie gedacht. Kayas Gedanken schweiften kurz nach Maishofen ab, als sie gegen die Fohlenmorde demonstrierten und sie von ihrem Zeltlager aus in den Wald gegangen waren. Chris. Was fühlte sie, wenn sie an Chris dachte? Im Moment nichts. Im Moment waren sämtliche Gefühle für Chris wie weggeblasen. All diese schmerzhaften Gedanken, diese ständig unerfüllten Sehnsüchte, dieses Bangen, ob er sie sehen oder über sie hinweggehen würde, alles war weg. Hatte sie das quälende Gespenst Chris endlich verlassen?

Lin hielt ihr ein gefülltes Sektglas hin und setzte sich mit seinem Glas neben sie. Sie stießen an und sahen sich beim Trinken in die Augen. Kayas Herz schlug bis zum Hals. Sein

Gesicht war schön, aber durch die nächtlichen Schatten auch rätselhaft. Sie konnte den Ausdruck darin nicht deuten.

»Hörst du die Stimmen der Nacht?«, fragte er und seine Hand legte sich in ihren Nacken und zog sie näher an sich heran. »Jedes Lebewesen macht Geräusche. Die Blätter wispern, die Käfer rascheln durchs Gras, und hörst du die Tiere im Wald? Alle haben sich etwas zu erzählen, alle haben eine eigene Sprache.«

Er nahm Kaya das Glas aus der Hand und begann sie zu küssen. Erst zart auf die Stirn, dann auf die Augenlider, dann auf den Mund.

»Singst du mir was vor?«, fragte sie leise.

»Später«, murmelte er und mit seinem Kuss sank sie nach hinten. Er war sehr leidenschaftlich und Kaya gab den Kuss zurück. Dann spürte sie, wie er den Reißverschluss ihrer Jacke öffnete und wie seine Hand gleich darauf unter ihr T-Shirt auf ihren nackten Bauch schlüpfte und von dort aus nach oben wanderte. Sie hielt kurz inne, weil sie überlegte, ob sie das so wollte, aber schon war seine Hand dort und streichelte ihren Busen durch den BH hindurch.

»Zieh den aus«, raunte er, wartete aber keine Antwort ab, sondern öffnete den BH und schob BH und T-Shirt nach oben. Kaya hätte sich diesem Gefühl hingeben können, wenn er sich nicht mit einem Bein Platz verschafft hätte und nun zwischen ihren Beinen auf ihr liegen würde. Er hatte sich regelrecht an ihr verankert und sie fühlte seine Hand an ihrem Hosenknopf.

»Lin«, sagte sie. »Lin, das will ich nicht.«

Er schien sie nicht zu hören. Sie spürte, wie der Knopf aufging und gleich darauf der Reißverschluss. »Lin!«, sagte sie etwas lauter und versuchte sich aufzurichten.

»Du willst es doch auch!«, hörte sie ihn sagen. »Ich weiß doch, dass du es auch willst! Vom ersten Moment an, als du mich gesehen hast, wolltest du es. Also stell dich jetzt nicht so an. Komm! Hilf mir!«

Jetzt richtete Kaya sich auf und stemmte sich dabei auf ihre Ellenbogen. Sie blickte auf ihn hinunter, bekam aber nur seinen Hinterkopf zu sehen und außerdem drückte er sie gleich wieder zurück. Er war stark. Stärker als sie.

»Lin! Mach nicht kaputt, was so schön begonnen hat ...«

Er antwortete nicht. Seine Bartstoppeln kratzten ihren Bauch entlang, als er jetzt nach unten zu ihrer Hose glitt.

»Nein!«, sagte sie entschlossen, richtete sich wieder auf und packte ihn an der Schulter. »Lass das! Ich will das nicht!«

»Das sagen alle!« Schnell hatte er ihre Hände von seiner Schulter gepflückt und hielt sie an beiden Handgelenken fest.

Sie zerrte daran, dann nahm sie all ihre Energie zusammen und drehte sich mit Schwung um. Die Sektgläser gingen unter ihr zu Bruch und überrumpelt ließ er los.

Kaya sprang auf und Sigi machte einen erschrockenen Satz ans Ende seiner Longe. Am liebsten hätte sie sich auf ihn geschwungen und wäre nach Hause galoppiert.

»Spinnst du?«, fuhr sie Lin an, der sich verdutzt aufrichtete.

»Autsch!« Einer der Glassplitter steckte in seiner Hand, er nahm seinen Handballen in den Mund. »Verdammt!«, sagte er. Und dann: »Was ist denn los?«

»Was los ist? Du fällst hier über mich her, das ist los!«

»He! Du bist doch mitgekommen …«

»Zu einem romantischen Spaziergang, ja!« Sie zog ihr T-Shirt mitsamt dem BH an ihren Platz zurück, schloss ihre Hose und stapfte davon. Den Lichtern entgegen.

»Halt!«, hörte sie Lin.

Sie warf nur einen kurzen Blick zurück. Das Letzte, was sie dabei sah, war der Schimmel, der ihr regungslos nachblickte, und etwas Dunkles unter dem Baum. Dann begann sie über die Wiese hinunterzurennen, stolperte über Unebenheiten, fing sich aber jedes Mal wieder, bis sie auf der Landstraße war. Jetzt ging es einfach nur noch bergab und sie lief bis zum Straßenlicht der Wohnsiedlung und beruhigte sich erst wieder, als sie völlig erhitzt und nass vor Tränen am *Stanglwirt* ankam. Heulte sie vor Wut? Vor Enttäuschung? Sie wusste es nicht. Ihre Gefühle waren vollkommen durcheinander. Wollte er tatsächlich dort oben mit ihr schlafen? Sie womöglich vergewaltigen? Nein, das glaubte sie nicht. Aber doch, er war stark und irgendwie nicht mehr zurechnungsfähig. Er hatte nicht mehr auf das gehört, was sie ihm sagte, er hatte nur noch sich selbst im Kopf. Sie versuchte, die Gedanken abzuschütteln, es gelang ihr aber erst, als sie vor ihrer Zimmertür stand. Dort fielen ihr die Kätzchen ein und ein seltsamer Friede überkam sie.

10. Kapitel

Leo sah aus wie immer. Die Welt hatte sich nicht verändert. Zumindest nicht frühmorgens beim *Stanglwirt* auf der Kaiserwiese. Kaya hatte vor ihrem Dienst noch schnell in den Stall gesehen, aber auch Sigi stand da wie immer, kaute an seinem Heu und schien keinen Schaden genommen zu haben. Sie kontrollierte sogar seine Fesseln und Hufe. Blitzsauber. Wie hatte Lin das geschafft?

Leos blaue Augen musterten sie. »Alles in Ordnung bei dir?«, wollte er wissen.

Kaya sah an sich hinunter. »Wieso?«, fragte sie. Hatte sie irgendwo einen Fleck?

»Och, du musst doch eine kurze Nacht gehabt haben …«

Kaya schwieg und sah ihn abwartend an.

»Oder nicht?«, setzte er nach und stellte seine Gerätschaften bereit. Das *Oder nicht* sagte er so komisch über die Schulter, dass Kaya spürte, wie sie rot wurde. Was konnte er wissen?

Als er keine Antwort bekam, drehte er sich zu ihr um. Sie sahen sich kurz in die Augen.

»Ich finde es toll, dass du das machst! Meine Hochachtung!«

»Was?«, fragte sie misstrauisch.

»Nun, dich um die kleinen Kätzchen zu kümmern. Das ist ja keine Selbstverständlichkeit, alle drei Stunden Katzenmama zu spielen …«

Über Kayas Gesicht huschte ein Lächeln der Erleichterung. »Ja«, grinste sie. »Ich bin Katzenzunge und Katzenzitze zugleich.« Sie zwinkerte ihm zu. »Aber wenn sie munter sind, krabbeln sie jetzt schon ganz schön los. Nur gut, dass der Korb so groß und hoch ist, dass sie da nicht rauskönnen.«

»Sind sie noch blind?«

»Ja, etwa 14 Tage alt. Aber sie werden die Augen bald öffnen.«

»Das Erste, was sie sehen, wirst du sein.«

Darüber hatte Kaya noch gar nicht nachgedacht. Bedeutete das eine besondere Prägung? Wie bei den Gänsen und Enten? Dachten sie dann, sie, Kaya, wäre ihre leibliche Mutter? Das wäre fatal. Sie musste sie ja wieder abgeben.

»Jedenfalls ein Saukerl, der das gemacht hat. Hoffentlich bekommt die Polizei ihn!«

Kaya nickte inbrünstig. Das hoffte sie auch.

Die Wiese war noch leer. Der gestrige Regen lag irgendwie dunstig in der Luft, obwohl die Sonnenstrahlen bereits wieder wärmten. An manchen Stellen stieg sogar leichter, heller Dampf auf. Kaya zeigte auf die vereinsamten Liegestühle und Tische. »Komisch heute. Selbst die Frühaufsteher schwächeln noch …«

Dann sah sie Trixi in der Eingangstür zum Hotel stehen.

Sie zeigte direkt auf sie, neben ihr zwei junge Leute. Gegen das Morgenlicht konnte Kaya es nicht richtig erkennen. »Et voilà«, sagte sie zu Leo. »Kaum gesagt, geht es schon los.«

Er grinste. »Die sind jung. Wahrscheinlich Espresso nach der Disco oder so …«

Kaya lachte. »*Die* Disco müssen Sie mir mal zeigen. Wir sind hier ja nicht in Berlin …« Dann blieb ihr der Satz im Hals stecken. Wer da in großen Schritten auf sie zukam, war Chris. Und Sina. Ihre beste Freundin. Was hatte denn das zu bedeuten?

»Das gibt's nicht!«, stammelte Kaya unsicher, dann spurtete sie los. In der Mitte der Wiese fielen sie sich in die Arme. »Was macht ihr denn hier?«, rief sie ungläubig und dachte dabei: Hoffentlich nicht das, wonach es aussieht? Sina und Chris, ein Paar??

»Kaya!« Kaum hatte sie Sina losgelassen, riss Chris sie an sich. »Wir mussten doch verhindern, dass du diesem Betrüger aufsitzt!«

»Welchem Betrüger?«

»Na!« Sina blickte kurz zum Himmel, bevor sie ihre Augen in Kayas Augen versenkte. »Du hast mir so vorgeschwärmt, weißt du? Von Lin. Lin Aston! Okay, erst habe ich mir nichts dabei gedacht, dass hier alle möglichen Promis verkehren, ist schließlich bekannt!«

Chris nickte und Kaya runzelte die Stirn.

»Ja, aber dann habe ich doch gegoogelt. Wollte mir den Knaben nochmals genau ansehen. Und weißt du was? Der ist auf einer Tournee in England unterwegs. Der kann überhaupt nicht hier sein. Wer also ist dein Lin??«

Kaya hatte Mühe, ihre Gesichtsmuskeln unter Kontrolle zu halten. Ihr Gehirn arbeitete fieberhaft. »Was?«

»Bevor der Idiot dir sonst was antut, haben wir gedacht, dass wir mal nach dir sehen müssen!« Chris ließ seinen Blick schweifen. »Wo ist er?«

»Was? Lin ist nicht Lin? Warum denn nicht?« Kaya schüttelte den Kopf.

»Tja, das musst du ihn schon selbst fragen. Oder noch besser, ich frage ihn!« Chris baute sich so vor ihr auf, dass sie ihn dafür gleich wieder hätte lieben können. Nein, das Gefühl war doch weg gewesen. Da war doch Lin. Das Gefühl für Lin … aber wenn Lin gar nicht Lin war, wer war er dann? Und was war dann mit ihrem Gefühl? Galt das Lin? *Dem* Lin? Dem vermeintlichen Superstar Lin? Oder dem anderen? Aber seit heute Nacht hatte sie sowieso keine Gefühle mehr. Niemals mehr. Für keinen.

»Und, wo steckt der Kerl?«

Kaya zuckte die Schultern. Ganz sicherlich würde sie kein Sterbenswörtchen von ihrem nächtlichen Abenteuer verraten. Vielleicht später mal zu Sina unter vier Augen und unter dem Siegel der Verschwiegenheit. Aber bestimmt nicht hier vor Chris.

Kaya drehte sich zu Leo um, der sie beobachtet hatte.

»Kommt, ich stelle euch meinen Chef vor, ich bin schließlich im Dienst!«

Chris nickte Sina zu. »Und ein Cappuccino wäre nach der Fahrt sicherlich auch nicht schlecht.«

War das nicht süß? Da waren sie extra von zu Hause aus hierhergefahren, um sie zu retten. Vor dem bösen Lin. Und fast wären sie zu spät gekommen. Kaya konnte nicht anders. Als sie jetzt vor den beiden auf Leo zulief, musste sie grinsen. »Leo, das sind meine liebsten Freunde aus der Heimat. Was für eine Überraschung!«

Leo nickte. »Schön, wenn man solche Freunde hat. Magst du dich für eine halbe Stunde zu ihnen setzen? Das kann ich als dein direkter Vorgesetzter schon vertreten … vielleicht dort hinten in die abgeschirmte Ecke? Drei Cappuccini?«

Kaya stellte sich auf die Zehenspitzen und hauchte ihm einen Kuss auf die Wange. »Sie sind ein Schatz!«

»Was tut man nicht alles für einen Kuss von einem hübschen Dirndl.«

»Das steht dir direkt«, sagte Chris anerkennend, nachdem sie an einem kleinen runden Tisch saßen.

»Was meinst du?« Kaya war noch so perplex über alles, dass sie gar nichts mehr verstand.

»Dein Dirndl. Hätte ich nicht gedacht!«

»Stimmt!« Auch Sina, in Jeans und weit ausgeschnittenem Pullover, machte eine anerkennende Geste. Ihre blauen Augen strahlten und ihre braunen Haare hatte sie zu einem Pferdeschwanz zusammengenommen.

»Und jetzt seid ihr einfach nur wegen diesem Lin hierhergefahren?«

»Na, ich bitte dich!« Chris' Stirn legte sich in männliche Falten und sein geschwungener Mund wurde schmallippig. »Wenn sich einer für jemand anderen ausgibt, hat er was vor. Sonst tut er das nicht! Das ist doch sonnenklar! Sina hat mich sofort angerufen und meine Mutter sagte gleich: Das hört sich nicht gut an. Nimm das Auto und fahr los!«

Seine Eltern waren einfach spitze. Trotz allem Reichtum waren sie so was von bodenständig und lieb, dass Kaya sie einfach wahnsinnig gern mochte.

»Aber er ist völlig …«, Kaya überlegte. Harmlos war er ja nicht gerade. Was konnte sie sagen? Sie ließ den Satz in der Luft hängen und fand im selben Moment, dass Chris ein bisschen Besorgtheit gut stand. Oder war er vielleicht sogar eifersüchtig? Das wäre schöner als schön. Maximal. »Denke ich jedenfalls«, fügte sie deshalb schnell hinzu.

»Wo ist der Knabe überhaupt, damit ich mir den mal anschauen kann?« Chris schien seine Rolle als großer Retter doch tatsächlich durchziehen zu wollen.

»Wahrscheinlich bei seiner Freundin und seinen beiden Hunden …« Sie überlegte. »Das heißt, die beiden Möpse gehören ihr!«

Sina prustete heraus. »Sind sie groß, die Möpse?«

Kaya warf ihr einen irritierten Blick zu, dann schüttelte sie den Kopf. »Kindskopf! Es sind zwei ganz normale Möpse und Jacqueline ist irgendeine … ach, ich weiß auch nicht. Sie war bei irgend so einer Fernsehshow.«

»Hmm.« Chris verzog das Gesicht. »Ist ja ein interessantes

Pärchen. Er gibt sich als Star aus und sie als Sternchen. Und residieren im Fünf-Sterne-Hotel. Wie macht man so was?«

Kaya zuckte die Schultern. »Mich darfst du das nicht fragen, ich habe keine Ahnung.« Sie sah auf. Die ersten Gäste kamen über die Kaiserwiese und suchten sich einen Liegestuhl. Leo machte ihr von der Tagesbar aus eine abwinkende Geste. Er war wirklich ein Schatz. »Apropos«, sie sah von Leo zu Chris. »Bleibt ihr da? Übernachtet ihr oder fahrt ihr heute Abend zurück?«

Sina tippte sich an die Stirn. »Bin ich Krösus?«

»Na ja«, Kaya zögerte, »es gibt hier in der Nähe ja auch günstige Gasthöfe oder Pensionen …« Jetzt, wo Chris schon mal da war …

»Wo schläfst denn du?«, wollte er wissen.

»Die Auszubildenden haben dort oben einen Trakt.« Sie zeigte über ihre Schulter in Richtung Gasthof. »Und wir schlafen zu zweit in einem Zimmer.«

»Schade«, sagte Chris.

»Schade?«

»Sonst hätten wir uns vielleicht bei dir einnisten können.«

»Du lieber Himmel.« Kaya schüttelte den Kopf. »Dann könnte ich jedenfalls gleich mit euch nach Hause fahren.«

»Aber nur, wenn's rauskommt …« Chris grinste spitzbübisch und Kaya fand sofort, dass seine Idee etwas hatte. Aber war sie nicht gestern noch total in Lin verliebt gewesen und hatte keinen Gedanken an Chris verschwendet? Und jetzt überlegte sie plötzlich … was war bloß mit ihrer Gefühlswelt los, so schnell konnte doch kein Mensch umschwenken, und war sie nicht eigentlich ein bedächtiger Typ? Oder eher doch nicht? Aus den Augenwinkeln heraus sah sie Leo den Arm heben. Das galt sicher ihr und sie blickte schnell hin. Aber nein, er wies dem Typen, der bei ihm stand, nur den Weg zu ihr. Es war Jan. Gegen das Sonnenlicht kam er breitschultrig und schmalhüftig auf sie zu. Chris sah erst zu Kaya, dann zu Jan und wieder zurück.

»Ist er das?«, wollte er leise mit drohendem Unterton wissen.

»Nein, das ist Jan«, sagte Kaya und stand auf.

»Jan …«, wiederholte er und runzelte die Stirn. Sina hingegen setzte ihr »Ich-bin-schön«-Gesicht auf und Kaya dachte, dass Jan tatsächlich sehr gut aussah. Und dass Sina ein »Neuzugang« war.

»Ich wollte mal nach meinem Kätzchen sehen«, sagte Jan im Näherkommen. Aber er sagte es mit Blick auf Chris so zweideutig, dass sich Chris' Miene kein bisschen aufhellte. Im Gegenteil. Er warf ihm einen finsteren Blick zu.

»Ich gehe mal davon aus, dass du mit *Kätzchen* jedenfalls nicht Kaya meinst.«

Jan lachte. »Sie ist eher eine gefährliche Raubkatze«, sagte er anzüglich und blieb vor dem Tisch stehen. »Mit ausgefahrenen Krallen, wenn es sein muss. Nein«, fügte er gewollt sanft hinzu, »ich meine unsere gemeinsamen Kätzchen. Hast du noch nichts davon erzählt?«, wandte er sich direkt an Kaya.

»Ich bin noch nicht dazu gekommen.« Sie wies auf einen leeren Stuhl. »Komm, setz dich doch!«

Chris warf ihr einen unwilligen Blick zu und Sina setzte sich etwas aufrechter hin. Jan gefällt ihr, dachte Kaya mit einem leichten Anflug von Eifersucht. Wie kam sie dazu, ihn so offensichtlich anzumachen? Schließlich war das ja *ihr* Jan.

»Nee«, winkte Jan ab. »Lass uns mal schnell in dein Zimmer gehen!«

»In dein Zimmer?!?« Jetzt ließ Chris' Blick keinen Zweifel daran, was er dachte. *Bei mir stemmt sie sich mit allen Argumenten dagegen und diesen Typen da nimmt sie mit?*

»Okay, Jan darf«, sagte Kaya einfach und stand auf. »Aber wenn Jan dabei ist, dürft ihr auch.«

»Na, vielen Dank«, entgegnete Chris, dem sich nun gar nichts mehr erschloss. Kaya spielte mit dem Gedanken, ihn noch etwas zappeln zu lassen, dann entschied sie sich jedoch für den friedvollen Weg und erklärte kurz, um welche Kätzchen es tatsächlich ging.

Oben im Zimmer stellte Jan den Katzenkorb auf den Tisch und nahm eines nach dem anderen in die Hand. Sie waren wach und suchten in der warmen Hand sofort nach der Zitze der Mutter. Jan streichelte ihre kugelrunden, nackten Bäuchlein und bat Kaya um einen feuchten Handtuchzipfel.

»Habe ich heute Morgen schon gemacht«, erklärte Kaya, während sie ihm das Tuch in die Hand drückte und er damit sanft über die kleinen Bäuche strich.

Sina beobachtete ihn mit liebevollen Augen. »Und die waren so einfach in einer Plastiktüte?« Sie schüttelte sich vor Grauen. In diesem Moment ging die Tür auf.

»Hoi! Was ist denn da los??« Es war Lisa, die geschäftig hereinplatzte. »Dich suche ich«, sagte sie und wies auf Kaya, ohne sich groß um die anderen zu kümmern. »Ich hab wenig Zeit, aber eine Stunde doch! Und Leo weiß schon Bescheid, Elisabeth hat ihn benachrichtigt. Zieh dir schnell was anderes an ... und ihr«, sie bewegte die Hände, als wolle sie ein paar Hühner verscheuchen, »mal schnell hier raus.« Sie zupfte an ihrem Dirndl. »Wir müssen uns umziehen, wir haben es eilig.«

Sina und Chris gingen ohne ein weiteres Wort zur Tür, nur Jan blieb stehen, das schwarze Kätzchen in der Hand. »Geht es um die Katzen?«

»Wir wissen jetzt, welcher Bauer es war. Und bevor dort die Polizei anrückt, sollten wir hin und die Mutterkatze suchen. Wenn wir Glück haben ...«

»Oh!! Lisa!! Du bist ein Schatz!« Kaya umarmte sie heftig und drückte ihr einen Kuss auf die Wange.

»Aber da können wir doch mit!«, sagte Chris sofort. »Zehn Augen sehen mehr als nur vier ...!«

Sina äußerte sich nicht, sie zog etwas die Schulter hoch und Kaya kannte das Zeichen: Sina hatte Angst vor Tieren, und ein Bauernhof mit Hunden und Kühen war für sie der schlichte Albtraum.

»Gute Idee! Finde ich auch! Was sagst du, Lisa?«, wollte Kaya wissen.

»Wenn ihr nicht wie eine Horde Großstädter durch die Ställe trampelt ...«

Das Bild war witzig, zumal wenn sich Kaya die schmale Sina trampelnd vorstellte, aber sie verkniff sich ein Lachen und sagte nur schnell zu Sina: »Du kannst ja im Auto bleiben.«

Jan legte die Babykatzen sorgfältig zurück. »Das wäre der beste Weg. Ich benachrichtige kurz meinen Vater!«

»Und ihr jetzt alle: raus!« Lisa zog die Tür auf und wedelte wieder mit der Hand.

11. Kapitel

Chris fuhr und Lisa wies ihm auf dem Beifahrersitz den Weg. Sina hatte sich auf dem Rücksitz enger an Jan gesetzt, als nötig war, und er spähte zwischen den beiden Vordersitzen hinaus.

»Also der alte Ruprecht, dieser Drecksack«, fluchte er. »Seine Kühe stehen ewig im Dreck. Wie oft haben wir dem schon den Tierschutz geschickt. Aber er hat meinem Vater gedroht, auf ihn zu schießen, sollte er noch einmal sein Grundstück betreten!«

»Das sind ja erfreuliche Aussichten«, kommentierte Chris trocken. »Gut, dass wir einen Panzerwagen dabeihaben.«

Das war er wirklich, der Mercedes-Jeep seiner Mutter. Der geeignete Wagen für diesen Feldweg, dessen Furchen recht tief waren.

»Dort hinten liegt der Hof!« Jan zeigte zu einem dunklen Gebäudekomplex mit tief herabgezogenen Dächern, versteckt hinter einer Gruppe von Bäumen. »Kannst du den Wagen über die Wiese hinter die Bäume lenken? Wenn er uns sieht, ist es mit einer gefahrlosen Annäherung vorbei!«

Sina rutschte etwas enger an Jan heran und er legte mit

einer beschützenden Geste den Arm um ihre Schulter. »Du bleibst am besten im Auto. Hast du ein Handy?«

Sina zog ihr Smartphone heraus. »Gut, ich gebe dir die Nummer meines Vaters ein. Wenn alles schiefgeht, rufst du ihn bitte sofort an. Er weiß, wo wir sind. Aber dann muss er kommen!«

Sina nickte, etwas stolz, dass sie nun eine so große Aufgabe hatte. Chris fuhr aus den Wegesfurchen heraus und lenkte den Wagen über die Wiese, die Bäume als Sichtschutz benutzend.

»Und wie habt ihr das rausbekommen?«, wollte Chris von Lisa wissen, die mit angriffslustigen Augen nach vorn spähte.

»Elisabeth wurde von der Polizei informiert. Er hat bei einer Haushaltsauflösung in Ellmau tatsächlich einen Kühlschrank gekauft. Und zufällig war die Frau des Polizisten auch dort, weil sie eine schöne Sitzbank suchte, und hat das mitgekriegt.«

»Der Zufall ist der unberechenbarste Gehilfe«, sagte Chris und erntete dafür von Lisa einen bewundernden Blick.

Sie rumpelten über die Wiese und blieben hinter drei miteinander verwachsenen Fichten stehen.

»Sieht total idyllisch aus«, sagte Sina von hinten und tatsächlich, die Tannen, Fichten und Buchen umringten das Bauernhaus wie auf einem Gemälde.

»Eine trügerische Idylle«, meinte Jan nur. »Kommt leise raus, wir müssen uns von hinten anschleichen. Dort ist der Stall und dort sind auch die Katzen.«

»Hat er keinen Hund?«, wollte Chris wissen.

»Früher hing einer an der Kette, den hat ihm mein Vater unter Polizeischutz weggenommen. Der hat einen Platz bei Bekannten gefunden, deren Hund er wegen Krebs einschläfern musste.«

»So ist alles zu was gut«, erklärte Lisa, die bereits ausstieg und die Autotür leise hinter sich schloss.

Kaya spürte, wie die Aufregung nach ihr griff. »Also«, sagte Jan. »Es könnte eine schwarze Katze sein, muss aber nicht. Auf jeden Fall hat sie schwere Zitzen, denn die Milch drückt!«

Im Gänsemarsch folgten sie Jan, der die Bäume geschickt als Deckung nutzte und sich von hinten an die Scheune anschlich. Das zweiflüglige Scheunentor stand weit offen, und daneben schloss sich der Stall an, dessen vergitterte, kleine Fenster wie arglistige Augen in der Sonne blitzten.

»Puhh!«, machte Lisa und hielt sich die Nase zu. »Schwimmen die in ihrem eigenen Mist, oder was?«

»So ähnlich«, sagte Jan knapp. Kaya hielt sich direkt hinter ihm, das schien ihr am ungefährlichsten zu sein. Immerhin kannte sich Jan aus, und wenn der Bauer plötzlich vor ihnen stehen würde, hatte er sicherlich die besten Argumente.

»Sind die Kühe bei dem Wetter nicht draußen?« Es war Chris anzumerken, dass er an seine Pferde dachte. Da wurde zweimal am Tag gemistet und bei schönem Wetter kamen alle raus auf die Koppel, ganz, wie es sich gehörte. Das hier war einfach nur ein Albtraum. Vor allem für die Tiere.

»Psst!« Jan blieb im Schatten des Scheunentors stehen und alle versammelten sich hinter ihm. »Wir verteilen uns jetzt in der Scheune. Wenn die Katze da ist, müssen wir vorsichtig und leise sein, damit sie sich nicht erschreckt. Wenn sie Angst bekommt und auf irgendeinen hohen Balken abhaut, kriegen wir sie nicht mehr. Kneift mal die Augen zu, damit ihr gleich was seht.«

Keiner sagte etwas darauf. Mit hämmerndem Herzen ging Kaya hinter Jan in die Scheune und alle schlossen nun auf. Zu viert nebeneinanderstehend, versuchten sie, sich an das dämmrige Licht zu gewöhnen. Links hatte der Bauer Stroh und Heu aufgeschichtet, gerade vor ihnen stand ein Traktor, der mehr aus Rost als Lack bestand, rechts von ihnen lagen alle möglichen landwirtschaftlichen Geräte unordentlich auf einem Haufen. Kaya sah einen rostigen Pflug unter einzelnem Gestänge begraben, unzählige Reifen und die Reste eines Leiterwagens.

»Links«, flüsterte Jan. »Wenn irgendwo, dann ist sie sicherlich im Heu. Aber schau du hinter dem Traktor!« Kaya sah, wie Chris seine Anweisung, ohne zu murren, sofort befolgte. Ganz offensichtlich war ihm klar, wer in dieser Situation der Platzhirsch war. Auch die anderen akzeptierten Jans Führungsrolle.

Leise lockend ging er voraus. »Mieze, pspsps«, raunte er mit tiefer Stimme und auch Kaya begann, mit möglichst beruhigendem Tonfall nach der Katze zu rufen. Sie ging rechts am großen Heuhaufen vorbei. Eine Holzleiter, die nicht sehr vertrauenswürdig aussah, führte auf die zweite Ebene über ihnen. Sie blieb stehen und sah hinauf. Dort oben hatte sich in der Dunkelheit etwas bewegt. War das eine Katze? Eine von vielen? Oder genau diese?

Sie hörte, wie sich die anderen weiter durch die Scheune vortasteten, und blieb an der Leiter stehen. »Miez, miez, koooom«, sagte sie leise nach oben. Und wieder. Da war doch was? Es raschelte. Unabhängig von den anderen Geräuschen hörte sie es genau, irgendetwas bewegte sich dort oben. Wie blöd, dass sie keine Taschenlampen dabeihatten. Plötzlich spürte sie etwas neben sich. Sie erschrak heftig, aber es war Chris, der von seinem Streifzug rund um den Traktor zu ihr gestoßen war. »Hast du was gesehen?«, flüsterte sie und er schüttelte verneinend den Kopf.

»Willst du da rauf?«, wollte er wissen.

»Ich glaub, da ist was. Es bewegt sich was. Vielleicht beobachtet sie uns? Ich habe leider keine Taschenlampe!«

Chris angelte sich sein Smartphone aus der Hosentasche und schaltete die Taschenlampenfunktion ein. Kaya beobachtete ihn dabei. Er war einfach ihr Held, da konnte sie machen, was sie wollte, stets kehrten ihre Gefühle zu Chris zurück. Warum eigentlich? Sie konnte es sich auch nicht erklären.

Chris leuchtete nach oben und beide hielten den Atem an. Zwei funkelnde Augen starrten zurück.

»Uff!« Kaya war zusammengezuckt. »Sieht aus wie ein Ozelot, so groß«, sagte sie.

»Das täuscht! Vielleicht ist sie das?« Chris steckte sein Handy ein und hielt mit beiden Händen die Leiter fest. »Miez, miez«, lockte er dabei nach oben und sagte leise zu Kaya: »Du bist leichter. Dich hält das wackelige Ding sicher aus. Geh vorsichtig!«

Kaya starrte die Sprossen nach oben. Es war sehr hoch. »Und wenn ich durchbreche?«

»Fang ich dich auf. Und außerdem ist hier ja genügend Heu!«

Kaya dachte kurz an ihren lädierten Fuß. Brechen wollte sie sich nichts. Aber aufgeben konnte sie jetzt auch nicht. Und tatsächlich: Von allen hier war sie die Leichteste.

»Gut«, sagte sie. Wie oft war sie schon ohne Sattel durchs Gelände gefegt und da wollte sie sich jetzt Gedanken machen? Du bist sechzehn, Kaya, dachte sie, du bist mutig, du bist eine Amazone, du bist frei und stark! Und mit diesem Gedanken fing sie vorsichtig an, die Leiter hinaufzuklettern. Bei jeder Sprosse drückte sie erst behutsam mit dem Fuß darauf, manche ächzten, aber bisher hielten alle. »Miez, miez«, lockte sie dabei nach oben. »Komm schön, bleib schön da …!«

Von oben kam keine Reaktion und Kaya war sich auch nicht sicher, ob die Katze noch dort war. Über ihr war es stockdunkel. Obwohl sich ihre Augen schon ganz gut an das Dämmerlicht gewöhnt hatten, sah sie nur dunkle Nacht. Noch nicht einmal das Dach konnte sie erkennen.

»Miez, miez«, säuselte sie hinauf und verbat sich, nach unten zu sehen. Sicherlich würde ihr schlecht werden und sie würde postwendend hinunterfallen. Als sie die letzte Stufe erreicht hatte, griff sie nach dem Balken, an dem die Leiter lehnte, und zog sich vollends hinauf. Schwer atmend blieb sie sitzen. Hier war wohl schon seit Jahrzehnten niemand mehr gewesen. Die Staubschicht, die sie unter ihren Fingern fühlte, war zentimeterdick und wirbelte durch die Berührung hoch. Kaya musste niesen, versuchte es aber zu unterdrücken, schließlich wollte sie die Katze nicht verschrecken. Sie ließ ihren Blick um sich gleiten. Jetzt, da sie oben war, sah sie die Ziegellücken im Dach, die etwas Licht hereinließen, das wie lange Silberfäden aussah und manche Stellen des Dachbodens erhellte. Und dann entdeckte sie die Katze. Sie saß einige Meter von ihr entfernt auf einem Balken und beobachtete sie. War das tatsächlich die Katzenmutter? Kaya rappelte sich langsam auf, ging dann aber auf alle viere, weil sie dem Boden nicht traute. Nicht, dass sie durch irgendeine Holzlücke vier Meter in die Tiefe schoss. Wie kam sie nun an diese Katze ran? Und was, wenn sie so wild war, dass sie sie anfiel? Etwas unheimlich war es ihr schon, zumal das Tier über ihr recht groß aussah.

»Frei und stark«, dachte Kaya. »Gemeinsam packen wir es an.« Sie summte ihre Hymne »Frei und stark« vor sich hin und krabbelte auf die Katze zu. Dann blieb sie sitzen und sah hinauf. Die Katze hatte sich geduckt. Sie sah aus, als wäre sie kurz vor dem Sprung. Angriff oder Flucht? Das war Kaya nicht klar. Aber sie musste es probieren. Sie richtete sich auf. Die heubedeckten Bretter unter ihren Füßen hielten. Der

Balken war höher, als sie geschätzt hatte, sie reichte nicht heran.

»Miez, miez«, lockte sie. »Ich will dir ja nichts Böses tun. Ich will dir doch nur helfen. Kooom«, raunte sie. »Kooom her. Es passiert dir nichts. Ich will dir nur helfen.«

Die Katze blieb sprungbereit geduckt und ihre Augen waren starr und groß auf sie gerichtet. Hörte sie ihr zu? Kaya war sich nicht sicher und streckte im Zeitlupentempo beide Arme zu ihr empor. Sie reichte nicht heran, das war ihr klar. Aber Katzen hatten einen guten Geruchssinn, das wusste sie von ihrem Kater zu Hause, der beim Füttern stets zuerst ihre Finger beschnupperte. Vielleicht waren ihre Hände eine beruhigende Geste? Vielleicht rochen sie nach den Katzenbabys? Sie wusste es nicht. Sie musste es einfach ausprobieren.

Und dann geschah es. Die Katze stand auf, machte einen Katzenbuckel, dehnte und streckte sich, kauerte nieder und kam mit ihren Kopf ihren Händen entgegen. »Miau«, machte sie und Kaya spürte eine Gänsehaut über ihren Körper ziehen.

»Ja, komm«, sagte sie. Die Katzennase beschnupperte ihre Finger, während Kaya lockte. War es die richtige Katze? War es die falsche? Sie konnte nun nicht nach unten rufen, das hätte sie sicherlich verschreckt. Doch von unten hörte sie einen Kommentar. »Wir haben eine. Aber es ist ein Kater!«

Der Papa, dachte sie. Ob der sich auch nach seinen Kindern sehnte? Wohl eher nicht … »Komm«, flüsterte sie. »Deinen Kindern geht es gut. Du darfst mit!«

Die Katze kam noch näher, und dann sprang sie haarscharf an Kaya vorbei auf einen weiteren Stützbalken, der sich hinter ihr befand. Kaya drehte sich langsam um. Jetzt war die Katze in Greifnähe, nicht höher als ihre Schultern. Langsam, dachte Kaya. Sie traute dem Boden nicht, also tastete sie sich mit den Füßen vorsichtig voran.

»Bist du die kleine Mamamieze?«, sprach sie dabei auf die Katze ein. Die blieb sitzen und sah sie unverwandt an. Wieder streckte Kaya eine Hand aus und wieder schnupperte die Katze daran, dann begann sie, ihren Kopf an Kayas Hand zu reiben. Kaya holte tief Luft. Jetzt kam der entscheidende Moment. Sie ging noch einen Schritt näher, der Boden unter ihren Füßen fühlte sich weich und nachgiebig an. War es das alte Heu oder war es ein morsches Brett? Sie wusste es nicht, es war ihr im Moment aber auch egal. Mit beiden Händen griff sie nun zu, nahm die Katze hinter den Vorderbeinen hoch und drückte sie an sich. Keine Gegenwehr. Mit der rechten Hand stützte sie ihr Hinterteil ab und griff dabei unter den Bauch. Lange, prall gefüllte Zitzen. Wie viele Katzenkinder hatte der Bauer gefunden und vernichtet? Oder war das hier die richtige, die passende Mutter zu ihren drei Findlingen? Soviel Kaya sehen konnte, war sie ein sehr dunkler Tiger. Und sie machte keine Anstalten zur Flucht, im Gegenteil. Kaya hörte ein gutturales Geräusch, die Katze fing in ihrem Arm langsam an zu schnurren. Kaya streichelte sanft ihren Bauch, dann rief sie nach unten: »Ich hab sie!«

»Gott sei Dank!«, kam Chris' Stimme zurück. »Ich habe

mir schon Sorgen gemacht, du seiest verschüttet oder sonst wie verloren gegangen.«

Das hörte sich gut an, und während Kaya mit der Katze im Arm langsam und vorsichtig, Schritt für Schritt tastend, zurückging, fragte sie sich, wie sie nun die steile Leiter hinunterkommen würde. Andererseits: Wie war die Katze überhaupt hier heraufgekommen? Auch über die Leiter? Oder gab es eine weitere Möglichkeit?

Über der Leiter blieb sie stehen. Schon der Blick nach unten machte ihr Angst. Chris sah klein aus, die anderen standen um ihn herum.

»Ich komm dir entgegen«, rief Lisa. »Bleib oben! Ich bin mit solchen Leitern aufgewachsen, ich helf dir!«

Lisa, das Bauernkind, war einfach fantastisch! Kaya sah zu, wie Lisa nun beherzt zu ihr nach oben kam. Eine Sprosse brach unter ihrem Gewicht entzwei, aber das entlockte ihr noch nicht mal den kleinsten Piep. Sie kletterte einfach weiter. Kaya und die Katze sahen ihr entgegen.

Bevor sie ganz oben war, streckte sie die Arme nach der Katze aus. Frei schwebend stand sie da. »Halt dich fest, Lisa! Du machst mir Angst!«

Lisa lachte. »Als Bauernkind ist man auch Trapezkünstler, weißt du das nicht?«

»Aber diese Leiter ist total unsicher!«

»Das waren unsere auch. Das haben alte Bauernleitern so an sich!«

Kaya streckte ihr die Katze entgegen, die sich Lisa wie eine

Papierrolle unter den Arm klemmte, und so rasch, wie sie hinaufgeturnt war, nun wieder hinunterkletterte.

»So«, unten hielt sie Jan die Katze hin, »hier hast du sie!«

Kaya machte sich nun ebenfalls, allerdings vorsichtig und Schritt für Schritt, an den Abstieg, als eine barsche Stimme sie in der Bewegung erstarren ließ.

»So! Hab ich euch, ihr Saukerle! Einbrechen! Das werde ich euch beibringen!«

Kaya drehte sich erschrocken um und sah hinab. Zwischen den offenen Toren erblickte sie gegen das helle Sonnenlicht die Silhouette eines gedrungenen Mannes. Sein Gesicht konnte sie nicht erkennen, wohl aber das Gewehr, mit dem er auf die Gruppe am Fuß ihrer Leiter zielte.

»Robert! Beruhigen Sie sich, hier hat niemand eingebrochen.« Das war Jan, die Katze im Arm, die gerade versuchte, sich aus seiner Umklammerung zu lösen. Offensichtlich wollte sie vor dem Bauern fliehen.

»Und du! Du kommst mir gerade recht!«, schrie der Bauer. »Schnüffelt nicht schon dein Vater ständig hier herum?« Er hob die Waffe an und zielte jetzt genau auf Jan. »Und was machst du mit der Katze da? Lass sie los!«

»Lass sie nicht los!«, rief Kaya von ihrer Leiter herunter und Chris stellte sich mit einem seitlichen Schritt vor Jan.

»Ich werde euch lehren, bei mir herumzuschnüffeln!« Er klemmte sich den Gewehrkolben unter den rechten Arm, und während er nun einhändig auf Chris zielte, ging er einen Schritt zurück und angelte nach dem linken Flügeltor.

»Er will uns einschließen!«, warnte Kaya lautstark und sah von oben, wie sich Lisa am Traktor entlang nach vorne schlich.

»Aber Katzen umbringen, das können Sie! Bravo!«, brüllte Kaya, um von Lisa abzulenken.

»Drecksbalg! Was weißt denn du!«, tönte es drohend vom Eingang. Der Bauer bekam die eine Tür zu fassen und schlug sie zu. In dem Moment katapultierte sich Lisa nach vorn, packte den Gewehrlauf, riss ihn nach oben und prallte gleichzeitig mit ihrem ganzen Gewicht so gegen den verdutzten Bauern, dass sie ihn mit sich zu Boden riss. Plötzlich stürzte auch Chris vor, um ihr zu Hilfe zu kommen, und Jan kämpfte mit der Katze, die sich nun mit all ihren Krallen zur Wehr setzte. Kaya vergaß in der Hektik, auf brüchige Sprossen zu achten, sondern rutschte mehr, als dass sie noch kletterte, nach unten und wollte gerade an Jan vorbei zu Chris und Lisa sprinten, als dort im Eingang zwei Männer auftauchten.

»Polizei! Keine Bewegung!«

Alle drei blieben liegen, auch der Bauer, den Lisa unter sich begraben hatte, rührte sich nicht. Kaya drehte sich schnell zu Jan um. Es wäre wirklich zu blöd, wenn die Katze jetzt abhauen würde, dachte sie, aber er hielt sie so gut, dass sich das Tier offensichtlich gerade wieder beruhigte.

»Er stinkt! Ich will aufstehen!« Das war Lisa.

»Bitte!« Das war die Polizeistimme. »Aber, Robert, du lässt das Gewehr los. Und zwar schön langsam! Komm bloß nicht auf dumme Gedanken!«

»Auf dumme Gedanken? Wenn ich gerade in meinem eigenen Haus überfallen werde? Man wird sich ja wohl noch wehren dürfen!«

»Leg dieses verdammte Gewehr auf die Seite! Das reicht jetzt mit deinen Mätzchen. Irgendwann muss auch mal mit einem so alten verbohrten Mann wie dir Schluss sein!«

»Mein Vater«, sagte Jan leise zu Kaya.

»Willst du mir drohen?«

»Robert! Leg das Gewehr zur Seite! Sei vernünftig!« Das war wieder die Stimme des Polizisten.

»Der hat das Gewehr immer noch in der Hand!«, raunte Jan Kaya zu, die es nicht sehen konnte. »Er zielt auf Chris!«

Kaya spürte, wie ihr heiß wurde. »Auf Chris?«

»Ja, Lisa steht bereits, Chris liegt noch am Boden und Robert hat den Lauf auf ihn gerichtet.«

»Robert! Muss ich erst die Dienstwaffe ziehen?«

»Du kannst ziehen, was du willst! Ihr verlasst jetzt alle mein Grundstück und der hier bleibt genau so liegen, wie er jetzt liegt!«

Jan sah Kaya an, dann nahm er die Katze und drückte sie ihr in den Arm. »Halt gut fest«, flüsterte er und schlich, genau wie zuvor Lisa, am Traktor entlang nach vorn. Robert konnte ihn nicht kommen sehen, er lag mit dem Gesicht nach vorn, zu dem Polizisten, zu Jans Vater und Lisa, das Gewehr hielt er in beiden Händen. Er hatte den Lauf auf Chris gerichtet, der nur knapp einen Meter neben ihm lag.

»Lass das! Du verschlimmerst alles nur noch! So läuft

das bereits unter Geiselnahme, ist dir das klar?« Der Polizist machte einen Schritt auf ihn zu.

»Bleib weg!«, schnaubte Robert. »Ich habe nichts zu verlieren. Meine Frau ist tot, mein einziger Sohn hat sich von mir losgesagt und ich bin alt. Womit willst du mir drohen?«

»Du hältst deine Tiere in miserablem Zustand. Du selbst vergammelst, wann hast du deine Kleider zuletzt gewaschen? Keiner schaut nach dir. Du bist weit über siebzig. Lass dir einfach helfen. Du bist alt und es wächst dir alles über den Kopf! Es gibt Heime, da geht es dir gut, da wird für dich gesorgt, da kannst du mit anderen Menschen reden. Du bist ein einsamer alter Mann, der seinen Missmut über diese Welt an seinen Tieren auslässt. Das kann nicht sein. Das darf nicht sein.«

Kaya erkannte die Stimme von Jans Vater und hielt den Atem an. Würde sich nun Jan auf den alten Mann stürzen? Was, wenn sich dabei ein Schuss löste? Was, wenn der Schuss Chris träfe?

»Du willst mich in ein Heim stecken? Ha, ha! Da bring ich mich vorher eher selber um!«

»Lass dir doch einfach helfen! Wenn's dann nicht passt, kannst du dich ja immer noch umbringen!« Das war wieder die Stimme des Polizisten. »Nur, was du jetzt machst, bringt dich in den Knast. Brauchst du das noch in deinem Alter?« Es war kurz still. »Robert!« Wieder die Stimme des Polizisten, diesmal beschwörend. »Du hast doch auch mal gute Zeiten gehabt. Hattest eine liebe Frau, warst im Dorf beim

Stammtisch, warst ein geachteter Mann. Willst du jetzt so unwürdig abtreten?«

»Meine Frau ist tot!«

»Ja, und dein Sohn ist weg. Weil du ein halsstarriger alter Mann geworden bist. Noch hast du Zeit, manches zu ändern. Aber vorher musst du es einsehen!«

Kaya registrierte, wie Jan am Traktor stehen geblieben war. Offensichtlich wartete er ab – oder er hatte ein Zeichen bekommen. Die Katze in ihrem Arm begann wieder zu schnurren. Und plötzlich kam da noch eine dritte Person dazu, eine Frauenstimme.

»Robert, ich habe mit meinem Vater gesprochen. Wir übernehmen deine Kühe. Sie kommen bei uns in den Kinderbauernhof. Und für das Gelände hier findet sich ein Käufer, dann hast du genug Geld für einen guten Lebensabend. Und vielleicht kannst du dich dann auch wieder mit deinem Sohn versöhnen, das wäre doch eine bessere Alternative, als hier mitsamt deinen Tieren unterzugehen.«

Es dauerte eine Weile, bis Robert reagierte. Kaya hatte Elisabeths Stimme sofort erkannt, aber Robert brauchte offensichtlich ein paar Minuten, um alles zu verstehen. In der Zwischenzeit war es völlig still. Keiner sagte etwas und niemand bewegte sich.

»Die Stangltochter«, sagte er schließlich.

»Ja, ich bin's, Elisabeth«, bestätigte sie. »Und mein Angebot gilt.«

Wieder war es still.

»Dein Angebot gilt?«

»Die Tiere werden es gut bei uns haben, du bist die Verantwortung los und kannst deine nächsten Jahre sorgenfrei leben.«

Wieder verharrte alles. Es kam Kaya endlos vor.

»Ich hab dein Wort?«, fragte Robert und schaute dabei zu Elisabeth auf, die nun neben die beiden Männer trat.

»Du hast mein Wort«, versicherte sie ruhig.

Dann legte Robert das Gewehr aus der Hand.

12. Kapitel

Sie saßen bei Jans Eltern auf der Terrasse. Es war Mittagszeit und Jans Mutter hatte einen großen Topf Spaghetti bolognese auf den Tisch gestellt und nun hockten sie einträchtig beieinander und rekapitulierten die letzten Stunden. Elisabeth hatte den Korb mit den Kätzchen aus Kayas Zimmer kommen lassen und der Tierarzt hatte die Zusammenführung zwischen der Mutter und den drei Kleinen beaufsichtigt. Sie war es wirklich und die drei lagen sofort an ihren Zitzen, während die Mutterkatze sich zuerst langmachte und schnurrte und schließlich jedes einzelne ihrer Kinder gründlich ableckte.

Kaya waren vor Rührung die Tränen in die Augen geschossen. »Und was passiert nun mit ihnen?«, wollte sie wissen.

»Sie kommen zu uns«, erklärte Elisabeth. »Genau wie die Kühe. Die kommen morgen. Und bis die einigermaßen wiederhergestellt sind, sind auch die Kleinen so weit, dass sie mit ihrer Mami in unseren Kinderbauernhof ziehen können. Dort ist derzeit nur ein kastrierter Kater, der wird sich über Familienzuwachs freuen …«

Chris grinste. Und Kaya dachte daran, dass sie ihre Mutter benachrichtigen musste, damit sie nicht weiter nach einem Plätzchen für die Kleinen suchte. »Lisa war unsere Rettung!«, erklärte Jan. »Wie du dich todesmutig auf diesen alten Deppen gestürzt hast … du kriegst einen Orden!«

»Vor allem freu ich mich auf eine Dusche!« Sie schnüffelte demonstrativ an ihrem T-Shirt. Alle lachten und Elisabeth nickte ihr zu. »Ich sollte Sie vielleicht vom Service zur Security versetzen? Wäre das in Ihrem Sinne?«

»Lieber an die Rezeption. Da kann ich unangenehme Gäste genauso gut abwehren …«

Alle lachten und Elisabeth sah auf ihre Armbanduhr. »Schaffen wir es, um 14 Uhr wieder unsere Dienste anzutreten?«

Kaya sah schnell zu Chris. »Kein Problem«, sagte sie.

Sina, die im Jeep von der ganzen Aufregung nur am Rande mitbekommen hatte, schaute fragend zu Jan. »Und was machen *wir* so lange?«

»Meinem Vater in der Tierpraxis assistieren.« Und als ob das ein Zeichen gewesen wäre, klingelte es.

»Die Praxis«, sagte Jans Vater und wies mit dem Daumen hinter sich. »Jan, schaust du?«

Der schob seinen leer gegessenen Teller von sich und warf Sina einen herausfordernden Blick zu. »Jetzt also. Da kommt Kundschaft.«

»Vor großen Tieren habe ich Angst«, bekannte Sina kleinlaut.

»Wir sind aber auch eine Kleintierpraxis«, erklärte Jans Mutter verständnisvoll. »Da kommt jetzt also eher ein Hund als ein Pony.«

Sina nickte und stand auf. Kaya wusste, wie sie sich fühlte: Sie hatte auch vor Hunden Angst. Aber das mochte sie jetzt nicht mehr zugeben.

Chris warf Kaya einen Blick zu. Tiefes Einverständnis konnte sie daraus lesen. Klar, sie beide kannten Sinas Ängste. Irgendwie waren sie wie ein altes Ehepaar, dachte Kaya. So vieles hatten sie schon miteinander erlebt und trotzdem war keine Beziehung daraus gewachsen. Gut, früher war sie auch noch sehr jung, aber jetzt? Mit sechzehn? Sie dachte an ihre Nacht mit Lin. Der hatte sie auch nicht als kleines Mädchen gesehen, sondern als attraktive Frau. Wo war er eigentlich abgeblieben? Ob er sich nochmals an sie herantraute? Nach dieser schrägen Nacht? Es konnte ihr eigentlich egal sein. Kaya griff nach ihrem Wasserglas. Schnee von gestern, dachte sie, das Leben lag vor ihr.

Sina stand in der Terrassentür. »Doktor Preiß?«, fragte sie schüchtern.

Jans Vater sah von seinem Espresso auf, den ihm seine Frau gerade hingestellt hatte.

»Ja?«

»Es ist ein Mops. Seine Pfote hat sich bös entzündet. Er war gestern schon bei Ihnen, sagt der Besitzer.« Dabei sah Sina vom Tierarzt weg und direkt zu Kaya. »Er sieht wirklich aus wie Lin Aston. Kaum zu glauben!«

Aber nicht Kaya sprang auf, sondern Chris. Hans Preiß sah ihn erstaunt an, dann erhob er sich ebenfalls.

»Studieren Sie auch Tiermedizin und interessieren sich für entzündete Hundepfoten?«, wollte er wissen.

Chris konnte sich kaum bremsen. »Ich interessiere mich eher für Hundehalter«, sagte er, während er zu Sina lief. »Wo ist er?«

Sina ging Chris voraus und Hans Preiß warf seiner Frau einen fragenden Blick zu. »Verstehst du das?«

»Ich schon!« Kaya war jetzt ebenfalls aufgestanden. »Es geht um Lin.«

»Um was für einen Lin?« Auch Elisabeth sah sie nun an.

»Nun, der Freund von Jacqueline!«

»Der heißt doch nicht Lin! Du meinst Maximilian!«

»Maximilian?« Jetzt war es Kaya, die Elisabeth schräg ansah. »Der heißt Maximilian?« Ja, klar, dachte sie. Sie hatte ihn ja nie nach seinem Namen gefragt, weil sie ganz einfach von Lin Aston ausgegangen war. Fast hätte sie sich wieder gesetzt. »Und was macht der Maximilian so?«, wollte sie wissen.

»Der versucht sich mit Moderationen über Wasser zu halten. So eine Art Kaffeefahrt, bei der Leute alles Mögliche kaufen können …« Elisabeth hob beide Hände hoch.

»Kaffeefahrt?« Das waren also seine Auftritte, von denen er erzählt hatte. Auftritte vor Senioren, denen er irgendwelches überflüssige Zeugs andrehte. »Aber …«, sie suchte nach Worten, »… der Hengst? Der Hengst ist doch so vertraut mit ihm, wie kann das sein?«

Frau Preiß mischte sich ein. »Den Hengst hat er großgezogen. Die Firma seines Vaters, in die er einsteigen wollte, ging in Konkurs und sie mussten alles verkaufen. Max war ein guter Reiter, holte einige Titel, aber es blieb nichts übrig. Alle drei Pferde wurden verkauft und der kleine Hengst kam ins Gestüt.«

»Oh Gott!«

Kaya wusste im Moment nicht, was sie sagen sollte. Wieso hatte er sie im Glauben gelassen, er sei etwas ganz Großes?

»Aber wenn er kein Geld hat, wie kann er im *Stanglwirt* …«

Elisabeth zuckte mit den Schultern. »Wir haben ein Abkommen. Wenn er in der Nähe ist, kann er bei uns wohnen, falls etwas frei ist. Dafür hilft er im Haus und pflegt seinen Hengst. Und im Herbst beginnt er in Wien zu studieren, dann hat er wieder eine Perspektive.«

»Und Jacqueline? Die tut doch, als sei sie Miss Universum persönlich …«

Elisabeth lächelte kurz. »Warum interessiert dich das alles so sehr?«

»Ich habe sie schließlich bedient mit ihrem MaHaLo-Wasser für ihre Möpse!«

»Willst du den Kerl vielleicht gerade mal selbst sprechen?« Chris stand in der Tür und funkelte Kaya an. Elisabeth und Johanna Preiß warfen sich einen Blick zu und standen auf. Kaya lief Chris hinterher. Was für eine Situation, dachte sie. Hatte Lin nun etwa von letzter Nacht erzählt? Quatsch, Lin, korrigierte sie sich im nächsten Atemzug. Max. Nicht Lin. Der Lin heißt Max!

Jan hatte den Mops auf dem Behandlungstisch und Max stand davor, sah aus wie immer, aber seine hängenden Schultern ließen seinen Gemütszustand erraten. Er hob etwas den Blick, als Kaya hereinkam. Kaya blieb stehen. Es war ruhig. Chris war hinter ihr stehen geblieben, Sina stand neben Hans Preiß und Jan, der mechanisch den Hund streichelte, und von hinten kamen nun Johanna Preiß, Elisabeth und Lisa dazu. Es war eine seltsame Runde. Und über allem lag sein Duft, Lins Duft, den Kaya sofort wahrnahm und leicht widerstrebend und trotzdem begehrlich einsog.

Max sah sich kurz um. »Wie beim Ältestenrat«, sagte er dann. »Ist irgendwas, außer dass ich kurz mit Kaya sprechen möchte?«

Chris räusperte sich hinter Kaya.

»Bist du ihr Beschützer, oder was?«, fragte Max herausfordernd.

»Ihr Freund«, gab Chris zu Kayas Erstaunen zur Antwort. Was war eigentlich mit seiner französischen Flamme, der unvergleichlichen Dominique? Sie kniff kurz die Augen zusammen.

»Ich glaube, es ist wirklich am besten, wenn wir beide kurz rausgehen«, sagte sie und drehte sich zu Chris um. »Das geht nur uns beide was an.«

»Dann frag den Hochstapler mal, ob das seine Mädchenmasche ist, oder was …«

»He, he, he!«, machte Max.

»Keine Schlägerei in meiner Praxis«, mischte sich Hans Preiß ein. »Möpse sind empfindlich!«

»Was ist überhaupt los?«, wollte Jan mit zusammengezogenen Brauen wissen und Lisa stemmte ihre Hände in die Hüften. »Das frag ich mich auch!«

»Komm!« Kaya ging an allen vorbei in den Warteraum und weiter zur Praxistür hinaus ins Freie. Max folgte ihr.

»Tut mir leid«, sagte er als Erstes. »Das war wirklich blöd von mir.«

»Was? Dass du mich so hinters Licht geführt hast? Oder meinst du die gestrige Nacht?«

Er machte ein zerknirschtes Gesicht. »Beides. Ich habe es erst gar nicht bemerkt. Aber plötzlich war mir klar, dass du Lin Aston verführen wolltest. Ich bin schon mal mit ihm verwechselt worden, aber das habe ich damals gleich richtiggestellt. Bei dir war es anders. Ich habe es ausgenützt, stimmt. Ich dachte, wenn du meine wahre Geschichte kennst, bin ich Luft für dich. Das wollte ich nicht. Du hast mir so gut gefallen, ich wollte dir irgendwie imponieren.« Er sah ihr direkt in die Augen. »Du hast es mir leicht gemacht.«

Kaya schluckte. Ja, das stimmte. Sie hatte sich schließlich zwischendurch selbst gefragt, ob sie Lin mit seinem roten Teppich und allem haben wollte oder nur den Mann. Sie hatte es selbst nicht gewusst.

»Aber diese … diese Attacke gestern Nacht, das war doch wirklich das Allerletzte.«

»Ich war verrückt nach dir …« Er stockte und griff nach ihrer Hand. »Ich bin verrückt nach dir. Nein, entschuldige, ich drücke mich falsch aus, ich habe mich einfach in dich verliebt. Und da ist es mit mir durchgegangen, eigentlich wollte ich tatsächlich nur eine Sternennacht mit dir und Sigi verbringen, aber dann warst du so nah und so warm und so … ich war ein Trottel!«

Kaya nickte.

»Ist das wirklich dein Freund?«

»Chris?«

»Wenn er so heißt …?«

Kaya wusste keine Antwort. War er ihr Freund? »Jedenfalls ist er gekommen, weil Sina im Internet recherchiert hatte, dass Lin Aston gerade im Ausland ist.«

Max nickte. »Sie wollten dich vor mir retten.« Plötzlich musste er lachen. »Wie superidiotisch, das Ganze! Und ich kann es nicht mehr gutmachen. Ich kann mich nur noch bei dir entschuldigen!«

Kaya entzog ihm ihre Hand. »Na ja«, sagte sie, »vielleicht habe ich ja eine Mitschuld. Ich hätte dich mal nach deinem Namen fragen können. Oder dich anreden. Das habe ich auch nie getan … vielleicht wollte ich es einfach glauben.«

Max verzog das Gesicht. »Und jetzt? Als Max bin ich nichts mehr wert? Was fühlst du jetzt?«

Kaya horchte in sich hinein. Ja, was fühlte sie? Sie hörte die Autos auf der entfernten Landstraße, sie hörte das Summen der Bienen neben sich im Bauerngärtchen, über ihr schien die Sonne und ein leichter Wind strich durch die Birke neben ihr. Das alles nahm sie wahr, aber in sich drin entdeckte sie nichts.

»Alles weg?«, wollte Max wissen.

»Und du?«, ging sie zur Gegenfrage über. »Du bist doch mit Jacqueline zusammen, hattest du da kein schlechtes Gewissen?«

»Jacqueline ist meine Halbschwester und mit so einem Filmfuzzi liiert, der ihr ständig irgendwelche Flöhe ins Ohr setzt. Dabei ist Jacqueline völlig talentfrei. Sie setzt sich halt gern in Szene.«

»Und er bezahlt das alles? MaHaLo für die Hunde? So ein Quatsch!«

»Es sind seine Hunde. Sie hütet sie nur. Am Wochenende kommt er, aber dann bin ich schon weg. Ich halte sein arrogantes Getue nicht aus.«

»Tja«, sagte Kaya. »Schade, Max, wir hätten uns auch ohne das ganze Lin-Theater gut verstehen können. Schon wegen der Pferde.«

Er nickte. »Darf ich dich zum Abschied in den Arm nehmen?«

Kaya nickte und kämpfte gegen ein trauriges Gefühl, das in ihr hochstieg. Wieso eigentlich? Vor Kurzem hätte sie ihn noch in den Boden stampfen können, weshalb war sie jetzt den Tränen nah?

Als sie wieder hineingingen, sahen ihnen alle entgegen, selbst der Mops saß mit erhobener Pfote da.

»Alles gut«, sagte Kaya.

»War was schlecht?«, wollte Elisabeth wissen.

»Es gab ein Missverständnis, das haben wir jetzt beseitigt«, erklärte Max.

»Und was heißt das?«, wollte Chris wissen.

»Dass ich endlich diesen Mops untersuchen kann«, erklärte Hans Preiß. »Und möglichst ohne Menschenauflauf um mich herum.«

Elisabeth nickte. »Es ist sowieso Zeit. Der *Stanglwirt* ruft.«

Leo ließ sich alles haarklein schildern und Sina und Chris probierten die Wellness-Angebote aus. Chris hatte mit seiner Mutter telefoniert, und nachdem er alles erzählt hatte, hatte sie spontan zwei Einzelzimmer für Sina und Chris gebucht. »Kleine Erfolgsprämie für Tierschützer«, hatte sie laut Chris gesagt und Sina war Kaya um den Hals gefallen. »Wir dürfen bleiben«, strahlte sie und wollte sofort alles erkunden: die ganze Felsen-Badelandschaft mit den verschiedenen kleinen Höhlen und dem Felsen-Schwimmbad und außerdem die großzügigen Außenanlagen.

»Kannst du nicht mit?«, wollte sie von Kaya wissen, doch Kaya war nun eben mal kein Gast, sondern Angestellte. Aber abends zogen sie gemeinsam zum Badesee. Neben der großen Rutsche legten sie auf der obersten Terrasse ihre Badetücher aus und Sina strahlte, als sie Jan kommen sah.

»Ich glaube, da hat sich eine verliebt«, tuschelte Lisa.

»Oje, das gibt ein Drama, wenn sie morgen wieder abreisen muss«, sagte Kaya leise und beobachtete ihre beste Freundin, wie sie Jan zur Begrüßung drei Wangenküsse gab.

»Es geht doch nichts über die Liebe.« Lisa grinste. »Und was ist denn nun mit deinem Lover hier?« Sie deutete zu Chris, der neben ihr auf seinem Badetuch eingeschlafen war. Kaya betrachtete ihn liebevoll und ließ ihre Hand über seine muskulöse Brust gleiten.

»Das werden wir sehen.«

»Was werden wir sehen?« Er ergriff ihr Handgelenk und zog sie mit einem Ruck in seinen Arm. »Was werden wir sehen?«, raunte er ihr gleich darauf ins Ohr.

»Was mit uns beiden ist«, flüsterte Kaya.

»Was soll schon sein? Du lässt in Zukunft die Finger von anderen Männern. Das wird sein!«

»Aha? Und du?«

»Ich lass meine Finger ganz bei dir.« Und er fing an, zärtlich über ihren Oberarm zu streicheln. »Und für heute Nacht habe ich den Wunsch meiner Mutter umgedeutet.«

»Umgedeutet?«

»Na, aus dem Einzelzimmer, das sie gebucht hat, ein Doppelzimmer gemacht.«

»Das ist nicht dein Ernst!«

»Glaubst du, ich fahre nach Österreich, um dich aus den Fängen eines anderen Mannes zu retten, und dann hau ich direkt wieder ab?«

Kaya sah ihn an und er bückte sich über sie. Der Kuss war lang und schön, und als Kaya wieder in seinem Arm zu liegen kam, sah sie nach oben in die vorbeiziehenden Wolken und dachte, dass sie das alles dem falschen Lin zu verdanken hatte. Wie das Leben doch manchmal so kompliziert spielte … bis zum Happy End.

So geht es mit Kaya und Chris weiter ...

Gaby Hauptmann

Frei wie der Wind
Band 2: Kayas Pferdeabenteuer in Afrika

160 Seiten · Broschur · ISBN 978-3-522-50412-6

Kaya kann es kaum glauben! Jetzt, da es mit Chris endlich gut läuft, will er weg. Drei Monate in die Wildnis Afrikas, um sich dort um afrikanische Kinder und verwaiste Tiere zu kümmern. Kaya hält es vor Sehnsucht zu Hause kaum aus und sieht nur einen Weg: Sie muss hinterher.

Gaby Hauptmann

Frei wie der Wind
Band 3: Kaya scheut kein Risiko

192 Seiten · Broschur · ISBN 978-3-522-50503-1

Kaya traut ihren Augen nicht! Hat der Reitstallbesitzer eine Freundin? Was passiert mit dem Stall, wenn darüber seine Ehe in die Brüche geht? Und was wird dann aus ihr und ihrer Mädchenclique? Kaya und ihre Freundinnen sind voll gefordert, um diese Herausforderungen zu meistern.

PLANET!

www.planet-verlag.de